文春文庫

青春とは、

姫野カオルコ

文藝春秋

青春とは、◉目次

単行本　二〇二〇年一一月　文藝春秋刊

青春とは、

愛。恵。大輔。健太。

人気上位の名前だった。一九八〇年代前半の。生命保険会社の記録によると。

愛や恵や大輔や健太ちゃんのお母さんやお父さんは、自分たちや、自分ひとりや、周りのだれかに相談したりして、名前をつけた。

つけたお母さんやお父さんたちの名前も、そのまたお母さんやお父さんたちが決めた周りのだれかがすすめたりして、ついた。

お母さんやお父さんという人は、はじめは、お母さんとかお父さんという人ではなかった。みんな、わりとそれを忘れる。忘れるようにしてるというか。

お母さんやお父さんが、お母さんやお父さんという人ではなかったのは子供のときだけで、それから次はもう、お母さんやお父さんになる。あいだの青春はとばす。

とばしたいよね。

だって。恥ずかしいし。青春とは、国体への反感と時代への虚無で過ごしたことにしておきたいし。そうしておきたいから、好かれている誰かを嫉妬したとか、よからぬ写真を見てむらむらしたとか、そんなことは木曜の燃えないゴミの日に出して、カーテン替えるみたいに記憶を模様替えしたりする。

出された青春は粉砕機にかけられるのだろうか。

そしてまたリサイクルされて愛や恵や大輔や健太さんが使うのかも。

燃えないゴミの日に出した時間には、スマホはない。コンビニも。使い捨てコンタクトも。

昔は不便だった。

そうだな。とても不便だった。弁当屋チェーンもなかったし。ホカロンもTVリモコンもなかったし。何かと不便だった。

今からすれば。

でも、今、だれかとキスして、ふわあとなったとしても、来年にはちがう人とそうなるかもしれなくて、そしたら去年のふわあは、昔になる。時間は、どんどん経《た》って、昔になって、昔のことは、ぜんぶ「今からすれば」だ。

なら、同じかもしれない。つづいてるのだから。今と昔は。スマホはなかったってだけで。

でもスマホがなかったってだけで、全然ちがうのかもしれない。

ただ青春だった。

＊＊＊

私は乾明子《いぬいめいこ》という。イヌイを犬井と書く男子が高校の時にいた。犬井くんの一学年下の私は、二〇二〇年三月現在、都下の南武線沿線の町に住んでいる。

一戸建てだ。前は親子孫で住んでいた家がシェアハウス用に改装され、去年、賃貸物件になったのである。三人でシェアしている。私の他は大人と若者だ。

両親が他界したあたりから、人の年齢について区切りが大きくなった。「子供／若者／大人／年寄り」の四区分。補足するなら「子供」の前に「おむつをしている」、「年寄り」の後に「杖をついている」。イギリス王室シャーロット王女は子供で、グレタ・トゥーンベリさんは若者で、市川海老蔵は大人で、マドンナは年寄り。

明子と子が付いた名前の私はマドンナと同年生まれの年寄りで、運転免許返上ならぬ一人暮らし返上で、三分の一だけ一人暮らしのシェアハウスという形態にしてみた。こう言うと意識的な選択のようであるが、実のところ、都下の総合保健センターを定年退職するにあたり、持ち物を思いきりよく処分したら、住むのはもっと狭いところでよいような気がして、なんとなく不動産屋をのぞいたところ、〈異世代ホームシェア〉という住居形態の物件が出たばかりだと言われたのである。

去年から、スポーツジムでインストラクターをしている。スポーツジムという施設に若者はそう多くは来ない。若者には、通う学校や若い仲間と集まる所で、スポーツをする機会がある。ない人がジムに来る。健康維持やリハビリテーションを目的としたプログラム作成や個別トレーニングのインストラクターを私はしている。

健康を害した人と接触することがよくある職場のせいか、子供若者と年寄りの最たる差は、平凡への感謝だろうと思う。

いつものように学校や職場に向かい、いつものようにその日が終わる。壁ドンもなく、嫉妬の歯嚙みもなく、ただ平凡に日が暮れる。それを「やーん、ありえなーい（有り難い）」と年寄りはつくづく感じるのである。

子供はいない。兄弟姉妹もいない。配偶者もいない。結婚というものにネガティブな感情だけを抱いていた両親に倣《なら》ったわけではないのだが、鎖をちぎるように実家を出たからには、家は頼れない。自活していくのに手一杯で、なんとか乗り切ったら、今度は家の人が病気になり、新幹線での東西往復でまた手一杯になった。ここを乗り切ったら、いつか、やはり同じように手一杯を乗り切ってきた人と交際するのかなあと思っていたのだが、ようやく乗り切れそうなころにはすでに、交際の対象とならない数字になっていた。大半の男性が女性について最重要視するのは、美貌でも財産でも、それに若さでさえもなく、年齢の数字であることを学んだ。

学びたてのころには、いろいろと悲しかったり腹がたったりしたことが、今は、「そういうものだわネ」とオカシくなる。やはり神様は、みごとに人間を創造なされた。

シェアハウスにいるうちに、次に入るケアハウスを探しておこうとは思っているが、一人暮らしでもなく団体暮らしでもないシェアハウスという住居形態は、私にはなかなか具合がよい。

坂道に立っていて、坪庭に面した半地下と、共用スペースである玄関、浴室、洗面所、ダイニングキッチン、洗濯物が干せるベランダのある一階と、急な勾配の階段でのぼる二階に、各一室ずつ個室がある。同居人らとはもとからの知り合いではなく、たんに不動産屋でこのハウスを紹介され、物件オーナーをまじえての面接試験のようなもので知り合った。共用スペースのある一階を、他の二人は避けた。余った一階に私の部屋はある。

越してきた去年は、再就職したこともあり、ばたばたと過ぎた。他の同居人も忙しそうで、共用スペースで顔を合わせることもあまりなかったが、今年になって、新型コロナウイルスの発生で二月半ばあたりから顔を合わせるようになり、三月に入った今では必ず合わせるようになった。ジムが当面休館になってしまった私も毎日ハウスにいる。

先週まではベランダでヨガやストレッチをして、ピラティス指導のウェブサイトをPCで見たりしていた。一昨日《おととい》からは、ずっと記憶を見ている。

サミットストアの袋に入れていた物を取り出したら、むかしのことを思い出して、まるで映画を見ているように目の前に鮮やかに見えるのである。

1　秋吉久美子の車、愛と革命の本

サミットストアの袋は高いところに入れてあった。

こんなときには高いところや奥のほうを掃除してやろうと、服を吊るしたクロゼットの上部の棚を開けたのだ。去年にここに越してきて、あとでちゃんとかたづけようと、以前の引越しのときにも捨てられなかった物を、外側の袋だけを取り替えて入れておいた。

サミットストアの袋に入れ換えた中身は、本が一冊、名簿が一冊。

本は、犬井くんから借りたままになっている。

かっこ悪い。

図書館で借りるならともかく、だれか個人から本を借りるのはかっこ悪い。貸すのもかっこ悪い。本というものは、きわめてプライベートな部分で接触するものだから、そういう部分に他人が関わるのは避けるべきなのだ。関わるなら、互いの状況をはっきり確認しあった上で関わらないとならない。本を、迂闊《うかつ》に借りたり貸したりするのはかっこ悪い。

ましてや、借りたままというのは、もっとかっこ悪い。

かっこ悪いの上塗りだ。

上塗りらしく、私は借りた本にさらにカバーをつけている。

市場《しじょう》に出る本には出版社がカバーをつける。書店ではそれにさらに、その書店のカバーをつけて客に渡してくれる。犬井くんは、その本を京都河原町にあった駸々堂《しんしんどう》で買っていて、私が受け取ったとき、本には駸々堂のカバーが巻かれていた。

ハトロン紙のような紙に京都の古地図を印刷したすてきなカバー。すてきなカバーの手ざわりをエンジョイできる豪胆さが、私にはなかった。人から借りた本なのだから、すてきな書店のカバーともども、「汚さないようにしなくては」と、さらにカバーをつけたのである。

スタイリスティックスのカバーだ。

意外にもシェアハウス二階住人の若者は、スタイリスティックスを知っていた。「木村拓哉《キムタク》が出ていたヘアケア剤のCMで流れてて知った」というのが理由だった。

ミック・ジャガーに単独インタビューしたことで、当時の若者から尊敬のまなざしで見られていた星加《ほしか》ルミ子編集長時代の『ミュージック・ライフ』★誌の、綴じ込み付録だったモノクロのスタイリスティックスの小さなポスターを切り取ってカバーにした。けっこういい塩梅《あんばい》にしあがって、そして、読まないまま、私は年寄りになった。

スポーツジムなどという施設で働いているが、高校を卒業するまではスポーツだとか体育だとか、スポーツマンタイプだとかスポーツマンシップにのっとるだとか、ぜんぶ嫌いだった。小中学校のころの体育の時間は、いかなる競技でも女王でいないと気がすまない女子に、いかなるときも気遣いをしないとならなかったし、高校のころは、体育の先生の感情的なクレームに耐えなければならなかった。高校時代の体育の先生の、依怙《え》贔屓《ひいき》の権化のような言動には憎悪をおぼえていた。向こうもそうだっただろう。体育の先生に嫌われるような生徒。それが高校時代の私だった。

体育の先生が嫌うのは、いや一括りにしてはいけない、たまたま私が高校時代に接触した体育の先生に限り、彼らが嫌うのは、スポーツが不得意な生徒ではない。スポーツが不得意に見える生徒だ。泳げなくても泳げるように見えれば好かれる。速くなくても速そうに見えれば、跳べなくても跳べるように見えれば好かれる。体育の先生が関心のない物や人に、同じように関心がない（ように見える）生徒が、彼らにとって、キビキビとしてスポーツマンシップにのっとった生徒なのだ。

しかし、今からすれば、体育の先生と同じことを、私も他人に対してしていた。にもかかわらず自分はしていないと思っていた。青春とは他人に厳しく自分に甘い。今からすれば、青春とはすべて、かっこ悪いの上塗りである。かっこいいことに狂おしく憧れながらも。

★『ミュージック・ライフ』＝洋楽情報雑誌

今なら……、だれだろう、たとえるなら。小松菜奈か。彼女はちょっとふしぎでかっこいいと、異性よりも同性から高い人気があるが、私が青春に在《あ》った時代、その立ち位置は秋吉久美子だった。

なぜだろう。そういう立ち位置の女性はたいていストレートヘアだ。秋吉久美子はミニバーグはしなかったのだろうか。ミニバーグ《小さな波》というパーマが話題になったことがあったのだ。「ロレアルパリサロン特約店」という一種のフランチャイズ美容院でやってたパーマで、専用の液で専用の極細ロットで細かなウェーブをつけるから、従来のパーマとちがって髪を傷めないというふれこみだった。なものだから、パーマ禁止の高校では「これはパーマじゃなくてミニバーグです」と言いわけに使われた。

中高生の部屋にはよくラジオ付のＡＣコード電源の時計が置かれていた。文字盤はデジタル数字ではなく、フラップと呼んだ時間と分の数字プレートがパタ、パタ、とまくれて時刻を示す。家を訪れた客人からもらって私の部屋にあったその時計は、時間と分のフラップがともに変わるとき、たとえば午後三時五十九分から四時に変わるときには、カチャッと音がした。

そんなころである。

カチャッと時計が音をたてて四時になるころだっただろうか、あれは。

＊＊＊

「おい、」

三学期のはじめ。

滋賀県立虎水《とらみず》高校正門へつづく小径。

サッカー部が練習をするのが小径を隔てたグラウンドに見える講堂から出て、伊吹の枝の下をくぐろうとした私の背後から、犬井くんが呼ぶ声が聞こえた。苗字ではなく名前を。

ファーストネームを呼び捨てにされるのは、中学でも高校でも明朗快活な女子か、「かわいい女子」だ。でなければ呼び捨てにする男子のカノジョだ。私はどれでもない。

彼と私は苗字がともにイヌイなので、名前のほうを呼びたい心理が働くのだろう。

「あんな、めいこ」

ほとんどの人が私の明子という名前を「あきこ」と読むのに、学年が違うにもかかわらず彼が「めいこ」と認識してくれているのは、部室が近いからである。

犬井くんは柔道部で、講堂の一角に部室がある。その窓から、今、彼は私を呼んでいる。私が属している放送部の部室も、講堂の一角にあって、そこから私は出てきて、正門に向かっているところだった。

柔道部。他校の人には、もしかしたら剛気なイメージがあるかもしれない。放送部。──は、もしかしたら派手なイメージがあるかもしれない。だが虎水高校、通称虎高《トラコウ》でこの二つの部に対する生徒たちのイメージはまったくちがった。柔道部は軟派《ナンパ》で眼鏡をかけた男子がぶらぶらしているところ。放送部は地味で眼鏡をかけた女子が何かを読んでいるところ。学校行事のお知らせなどを放送で流す、部活というより放送委員のようなもの。そんなイメージだった。眼鏡レンズは分厚く重たいガラスレンズしか普及していなかった当時の、通える学区が住まいによって定められていた当時の虎高では。──

「……なに?」

地味な部活の地味な私はふりかえった。たぶん、どちらかといえばよくないことを犬井くんは言ってくるのだろう。カンが働いた。

「ちょっと来い」

犬井くんは腕をのばす。

──今からすれば、窓からのびた腕は長かったのだ。注視しなかったけれど。

もとは旧制中学だった虎水高校には古い木造の教室棟や建物がいくつかあり、そのまま使われていた。最古は戦前に建てられた、歩くと床がぎしぎし鳴る講堂で、グラウンドのある東側の壁を切った、アルミではなく木枠の窓から伸びた彼の腕は長かった。背も高めだった。

　教室を移動するときなどに、他学年でも体育の授業中の男子が整列しているのを見かけることがあったが、身長順に並んだ列の、一番後ろではないが二番目くらいに犬井くんはいた。頭と顔が小さめで、毛深くなく、肌質は肌理《きめ》が細かめだった。こうした要素は、女子高校生という年齢に在る女の多くにとっては好ましい要素である。なのに、おそらく虎高女子のだれもが、犬井くんがこうした要素を持っていることに気づいていなかったように思う。

　その理由は、今からすればわかる。彼のズボンだ。虎高の男子制服は黒詰襟の学生服であったが、叱責されない範囲で改良したり買い直したりする生徒がよくいた。犬井くんのズボンはベルボトムだった。当時の軟派な男子高校生はたいてい、ズボンをこのシルエットにしていたのだから、ベルボトムが奇妙だったわけではない。ただ、ベルボトムのズボンをはいていることで、「犬井くんはそういう派」と決まってしまい、女子は、それ以上の、それ以外の要素を、彼から発見しようとしなくなったのだろう。――

「こっち来い」

　てのひらを下にして手首を動かす。

　行かなかった。身体の向きだけ柔道部の部室の窓のほうへ向けた。距離は二メートルほど。

「自分、クラコにせえ」

　クラコという音が、漢字で書けば暗子であることは、すぐにわかった。明子ではなく暗子にしろと言っている。同じことを中学校のときも言われた。三人の体育の先生から。八回。

「自分、暗子のほうが似合《にお》とるわ。今日から暗子て呼んだるわ」

〝明るい子ではなく、暗い子だ〟という総合評なら、保育園のころから今日まで四十回くらい言われた。

「そらどうも」

私は犬井くんに返した。

たぶん聞こえなかっただろう。私の声は電話だとよく聞こえるといつも言われるが、空気の多い中で発すると、人の耳に届きにくい音程らしく、自分では大きな声で挨拶をしたり、質問に答えているつもりなのだが、相手に聞こえないので無口だと思われる。無口イコール暗いと多くの人はイメージするようだ。だから放送部に入った。マイクという補助用具が使えるからだ。

「そんでな、暗子」

さっそく暗子になった。

犬井くんの、こういう、さっそくな言動は、虎高学区の土地の子とは、ごくかすかではあるが、ちがうものがある。本当の家は京都か大阪かにあり、お父さんの仕事の都合で滋賀県に仮住まいをしているのだと、だれかから聞いた。

「頼み？」

「うんとなあ……」

犬井くんは、えーとなあ……、えーと……と、言いよどむ。さっそくな言動が常の彼が言いよどんでいるのは、きっとよくない頼みだ。

人が人にあらたまって切り出す用件は三種類だ。「勉強」か「男子女子」か「レコード」か。

「数学の単元末問題の解答を写させてくれ」「××さんに放課後どこそこで待ってると伝えてくれ」「ちょっと今月はよう買えへん。陽水《ようすい》のレコード貸してくれ」など、学業問題・異性問題・金銭問題の三種と相場が決まっている。三種類のどれであっても、今の犬井くんの声と顔つきからすると、あまりうれしくない頼みだろう。聞けば心がへこたれることを言うのだろう。

「……」

「……」

窓をはさんで、われわれはだまった。

やがて犬井くんの口が開いた。私は伊吹の枝のほうに寄った。へこたれることを言われたとき、自分の顔が相手によく見えないようにしたほうがよい。へこたれさせたと気づいた相手の気分を悪くさせてしまう。

「痩せえや」

やはりよくない頼みだった。しかも勉強にも男子女子にもレコードにも分類できない。

あとあと互いがぎくしゃくしないようにする、とりあえずのリアクションもすぐに思いつかない。

思いついたのは小学校三年と飛んで六年のときの担任だった広木先生の顔だ。クラスで勉強のよくできる子が卒業文集に〈ぼくは、いやなことや困ったことにぶつかると、こんなとき、広木先生ならなんとおっしゃるだろうかと、まず考えます。〉と書いていたのを思いついて、いや、今の場合なら、思い出すなのかと、思いなおしたりしていた。

「5キロくらい……、ううん3キロでええわ」

「そやな」

自分でも痩せたいと望むので同意した。5kg減量したらどうかと、親密ではない他人から頼まれるような身体《しんたい》を、ずどーんと立たせたままでいた。

「努力するわ」

芸のない返事をして正門を出た。

努力すると言いながら、門を出たあと、そのまま平和堂に行った。

平和堂は滋賀県全域にあるスーパーマーケットで、放課後時分にはフードコートで、虎高だけでなくほかの学校の生徒も大勢、たこ焼きやきつねうどんを食べている。空腹ではなかったが、たこ焼き六個一皿ときつねうどんの両方ともを注文して一気に食べた。食べていると、うれしくないことや不公平なことを、短い短い時間なのだけれど、そのあいだだけは忘れられる。空腹でもないのに食べるのはよくない。わかっているのに、この安易な忘却策を頻繁にとってしまう。私は家の人から定期的に定額の小遣いがもらえないのだが、この日はコートのポケットに、旺文社『ラジオ講座』のテキストを買うからと頼んでもらえた千円札が入っていたのもよくなかった。

「お金を落としてしもたと言おう……」

ばくばく、ずるずる、たこ焼きときつねうどんを口に入れながら、これからつく嘘の思案をした。

＊

翌週、犬井くんから手紙が来た。郵便で来た。家に来た。しかも水色の、なにやらきれいな封筒。差出人欄には、黒ボールペンでくっきり犬井一司《かずし》という名前が書いてある。

「なんちゅうことをしてくれるんや！」

手をコートの胸に当て、心臓をさすった。

郵便受けを一番先にチェックしたのが私でよかった。もし家の人が先だったなら、検閲を受けるところだった。

同級生女子がラブリーな便箋で誕生日祝いのカードを送ってくれても、Z会が通信教材を買いませんかとダイレクトメールを送ってきても、わが家では私宛ての郵便物はすべて開封され、家の人が読んでから私に回ってくる。差出人を何かしら侮蔑するコメントとともに。さらに侮蔑すべき同級生や会社が手紙をよこしてくるのは私に落ち度があるのだという叱責に変わる。こうしたわけだから、どうか私に年賀状や暑中見舞いは出さないでくれと、同級生や放送部員に言ったところ、聞いた彼らは3ワードで私の環境をまとめた。「厳しい家」「大事な一人娘」「心配」。まったくちがう。

この3ワードが結ぶ像は、TVドラマや少女漫画に出てくる良家のお嬢さんの家になってしまう。わが家は良家ではない。暗家《クラケ》だ。それこそ犬井くんに呼んでもらい、学校中に拡散してほしい。

わが家は厳しくない。たんに暗い。「暗子」というのであれば、私ではなく、家の人のほうだ。家の人。へんな言い方だと言われるが、「父は、母は」と言おうとすると、アカモズの地鳴きのように、ぢっぢっ、ぅばっぅばっと吃《ども》ってしまう。「父親は、母親は」ならまだ一呼吸すれば発声できる。

家の人は、暗さの方向性というか質が、父親と母親で異なっている。レーシーなワンピースドレスに革ジャンといったファッションさながら、異質素材を組み合わせることで、暗みが深さを増し、かたちとなって表に出る様《さま》のバリエーションも豊富になる。家の人には、私の他に子はいない。バリエーション豊富な暗みの対応は、私だけが一人でしないとならない。衣食住を養ってもらっているのだから。

――家の人が私宛ての郵便物を読んだり開封したりした意識の深層、のようなものは今からすれば推測できる。人の集団の最小単位（家）において、私が最下位にいるからである。最下位者は、掃除や使い走りをする者であってプライバシーはないという意識から開封していたのだろう。潜在意識で。

彼らは決して非道な人間ではなかった。いかなる人間も内に暗さを抱えている。ただ、彼らの場合は、複数の要因が重なって、双方の内の暗さがグロテスクな膂力《りょりょく》を持ってしまい、それが家族三人を穴ぼこに落としてしまっていたのだろう。――

家の中にはだれもいないのにもかかわらず、私は犬井くんからの手紙をセーラー服の上着の下に隠して、洗面所で手を洗い、階段を上がり、二階の自分の部屋で開封した。自分の部屋といっても、階段を上がったところに中途半端にできたスペースにブロードのカーテンを洗濯紐で吊るしただけの一角である。

机の上に地理の教科書と二宮書店の高等地図帳を開いて置いた。月々の小遣いを子に渡す習慣がないほか、ノックの習慣も、家の人にはないので、突如、家の人がカーテンを開けても勉強しているふりができるように教科書と地図帳を準備したのだ。

封筒はかなり分厚く、割増料金の切手が貼られている。封筒とペアのうす水色の便箋が折り畳んである。何が書いてあるのかは見当がついた。柔道部の男子が講堂でぶらぶらしている脇を通過して放送部部室に行くため私は犬井くんとよく顔を合わせるのであるが、減量依頼の前に何度か、詩を書いているので見てくれないかというようなことを言われていたのだ。封筒に鉛筆で書かれていたのは、やはり詩だった。


【闘いの女神。

貴女に会いたい。

闘いの女神。

力を与えてほしい。

その美しいほほえみで。

そのかろやかな腕で。

オリーブの樹の影に貴女は抱かれ、ぼくは孤独に沈む。

とめどなく流れる涙。

さびしき夜。

青春の痛み。

日本を旅立ち、貴女に会いたい。】

これが一枚目。


【拝啓、暗子氏。

まだまだ甘いところがあり、人に見せる段階ではないのはよくわかっているのですが、自分の地平を一段階でも高くするためには、一度他人の目に晒《さら》すべきだと思い、兎に角、見せることにしました。

恋とか愛の詩ではありません。でも、やっぱり恋とか愛の詩なのかもしれません。つきつめればそうなるのでしょう。ある女性に捧げる詩です。小生はその女性に会ったことはないのです。でも恋してしまうのです。

暗子氏が田上公美子《たがみくみこ》さんを好きだと言うのと、ちょっと似た心理学かもしれません。なので見てもらうのは暗子氏だと思いました。学校で渡してもよかったのですが、学校にはほかの生徒もいるので、渡しにくいので郵送にしました。

昭和50年1月29日　市内上原町3—19—8　犬井一司】

これが二枚目。

犬井くんと私は中学がちがう。彼は中学校の途中で、私の住む町からは離れた上原町に越してきたと本人ではない生徒から聞いたことがある。もう一枚あって、それには写真が包んであった。

（あっ、田上さん）

心臓の動悸が速くなる。

田上さんの長い髪にはウェーブがかかっている。渡り廊下に立っている。風が吹いていたのか、髪もすこし流れている。

（きれいやなあ）

写真を地図帳にたてかけて頬づえをつく。田上公美子。田上公美子。田上公美子。ノートに名前を書く。

「クミコ、君をのせるのだから」

秋吉久美子が出ている日産車のCMのコピーを写真に向かって言ってみた。どくどくっと心臓が動いたのが自分でわかった。

田上公美子さんは二学年上の三年だ。虎高では体育祭で各学年をクラスごとタテ割にしたチームとなる。体育祭で私は田上さんを知った。秋吉久美子はかわいくて大好きだけれど、田上さんは秋吉久美子には似ていない。背中までとどく長い髪は全体にウェーブがかかり、染めているのではないがうっすらと茶色い。「これ、天然やないの。ミニバーグやってみたん」と体育祭準備のときに教えてくれたときのほほえみは、パーマの種類を教えるのではなく「これ、曾《ひい》おばあさまからいただいたカメオのブローチよ」と、何かのヒロインが教えてくれているように、整列した歯並びとともにエレガントだった。夏には長野県の高原の別荘で過ごしているような佇《たたず》まい。ハンカチのことをハンケチと言いそうな声。校内で見かけると感激する。

【Nからせしめたもの。文化祭で撮ったもよう】

犬井くんは写真入手経路について四枚目に書いていた。

「N」などとイニシアルにしてある。意味のないイニシアルだ。Nが犬井くんと、よくいっしょにいるサッカー部の男子であるのは自明だ。「小生」だとか「暗子氏」だとか同様、「自作の詩を入れた手紙を出す」という行為の、しゃっちょこばった一環で、夏目漱石ふうなことをしているのである。

【御意見もお聞かせ乞う。小生、未熟者ゆゑおてやわらかに】

と四枚目の末尾にあった。

（御意見……。御意見を言わなあかんのか……）

詩を再読する。本を読むのは好きだが感想文は苦手だ。人の書いた詩に御意見を言うなどもっと苦手だ。

庭でチャーが吠えた。あわてて犬井くんからの手紙を机の抽斗《ひきだし》にしまった。

被毛が白ければシロ、黒ければクロ、体格が小さければチビ、大きければデカ。歴代の飼い犬は単純に名づけられ、この家に住むほかの二人の人間同様、この家の長にパーフェクトに訓練されてきた。

被毛の茶色いチャーは、父親の日産車が家に近づくと吠える。驚くべき正確さで、きっかり2分前に吠える。時計盤のフラップが5：08を示している。

フラップが5：10に横並びして、車が止まる音がした。すぐにガラガラと鉄の門が開けられる音がするはずだ。

（今日はずいぶん早い）

私は小走りで階段をかけおり、台所に行った。夕食の支度をしなくてはならない。

流しの前で私は緊張する。今日は何を作らねばならないのだろうか。

父親は役所から帰宅して服を着替えると、着替え終わったそのときの気分で食べたくなったものを作れと命じる。

鯛のかぶら蒸しの柚子風味あんかけであるとか、めばるの煮つけに山椒《さんしょう》を添えたものとか、牛肉と牛蒡《ごぼう》を、煮つけるのではなく、牛蒡のみを先に白ごまと三杯酢で味付けて、それに近江牛の霜降りの少ない部位を軽く炒めたものを巻き付けたものと、椀ものは蛤《はまぐり》のうしお汁を必ず付けよとか、食堂の本棚に何冊もある高名な料理家の著書からページを見て選び、「今日はこれを作れ」と命じる。

――父親の死後三十年近く経った今からすれば、高名な料理家の、高額の高著にあるレシピなら、魔法の杖のように、それさえ見れば、フグでもないかぎり、だれもがその料理を簡単に作れると錯覚していたのだろう。迷惑な錯覚だった。――

玄関のドアが閉まる音がしたのは5時15分だ。台所から見える食堂の壁に掛けられた電子振り子時計の文字盤はアナログだ。父親は駐車後は庭にまわり、礼拝での司祭のようにチャーの頭に手を置き、チャーが両前肢を地面でかっちりそろえるのを確認してから室内に入ってくる。

私は台所の流しの前で、身体を食堂のほうに向け、腰を曲げ、彼に頭を下げた。同時に彼は、

「今日の夕飯には……」

料理を命じた。軍鶏《しゃも》と百合根と椎茸の茶碗蒸し。だしは利尻《りしり》昆布ではなく羅臼《らうす》昆布でとれ。職場の同僚から百合根をもらったからと。

百合根を入手して家の人が帰宅したからといって、軍鶏や羅臼昆布を常備しておくよ

うなプロ仕様のパントリーはこの家にはない。私の部屋からして、デッドスペースにカーテンを引いて工夫したものだというのに。

――利尻産を羅臼産だと、ブロイラーを軍鶏だと、擬装すればすんだのである。嘘も方便という知恵というか厚かましさが、高校一年生にはなかった。――

「軍鶏はないから買いに行かないと……。平和堂に売っていますか？」

「あんなお粗末なスーパーにはない。谷さんの店に行け」

谷さんというのは私鉄藤丸電鉄で3駅先の距離にある鶏肉の卸売業者のことだ。父親は私に金をくれたが、自転車で行けと命じた。藤丸電鉄の往復代金のほうが軍鶏150gより高くつくのはお粗末だからと。

「雪がふりはじめてきたから、不注意な漕ぎ方をするでない」

「はい」

私はコートと手袋をとりに自室にもどり、「では、行ってきます」と外出の挨拶をした。父親はふり向かない。TVの方を向いて旧知の指物師《さしものし》に作らせた大きな椅子にかけ、食卓に頬づえをついている。身長180cm体重98kgの彼は、ずどーんと戦艦のごとく動かない。私はいつも「お父さんにそっくり」だと言われる。戦艦のような身体を忌《い》んで、犬井くんは痩身を勧めたのだろうか。

「TVをつけてくれ」

彼から一間《いっけん》も離れていない家電のスイッチをつけろと、これから雪の中、電車で3駅先の、25分の距離を、150gの軍鶏だけのために自転車を漕いで行かされる私は、さらに命ぜられた。

「はい」

手袋をしたままの手で私はTVをつけた。そして、順にチャンネルを変えてゆき、父が選局したNHKに定めると、家を出た。

幸い、雪ではなく、霰《あられ》だった。コートの上に着た防水の合羽がパラパラと音をたてた。頬切る冷たい二月の風の中、軍鶏150gを買いに、私は自転車を漕ぐ。なんのために日産の車があるのかと腹をたてながら。

――今からすれば、「日産」の「自家用車」は、応接間のアメリカーナ百科事典と同じだったのだろう。「百科事典の次」は「自家用車」で、「百科事典がアメリカーナ」だったのなら、「次」は「日産の自家用車」でないとならなかったのだろう。

日本人がみんなで東京オリンピックを待っていたころ、百科事典と文学全集を応接間の棚に飾るのが嗜《たしな》みのある家とされた。でも英語の百科事典をそろえる必要などなかったのだ。一ページも開かない百科事典は、場所をとる大きな飾りだった。

次に日本人がみんなで大阪万国博覧会を待つころになると、自家用車を持つことが普通になりかけ、順《したが》って父親は車の免許を取得した。でも相互銀行へ自転車通勤する母も、小学校へ徒歩で通学する私も、車に興味はなく、欲しくもなかった。電車通勤の父親でさえ、べつに車など必要なかった。

彼はひとえに日本人らしく、免許を取得したのだ。今からすれば。

海外の小咄《こばなし》にある。沈没しかかった客船の救命ボートが足りない時に、海への飛び込みをどう呼びかけるかで国民性を揶揄《やゆ》した小咄。アメリカ人には「この中にヒーローはいませんか」、イギリス人には「紳士なら」、ドイツ人には「ルールですから」、イタリア人には「あっ、海に全裸の美女が」、フランス人には「ぜったいに飛び込むな」、そして日本人には、「みなさん、そうされてますよ」。

応接間に百科事典を並べる（飾る）ことが、「みなさん、そうされてますよ」だったから、並べ、次には万博を待ちながら自家用車を持つことになったから、持ったのだ。

結婚の遅かった家の人は、他人からはいつも私の祖父母にまちがわれた。父親は自動車教習所に申込みをしたとき、すでに55歳だった。その年齢で車の免許を取得するのも、運転するのも、弱視で色弱の彼には凄いストレスだった。

数えられるほどの回数だけ、彼の運転する車に同乗したことがあるが、同乗した親戚や近所の人にまでそのストレスが伝わった。秋吉久美子を乗せたりしたら、彼女を車酔いで嘔吐《おうと》させただろう。役所と自宅。決まった道を一日一回往復するためだけに「日産の自家用車」は購入された。

ゆえにこの日、この家の子は自転車を漕がねばならなかった。――

「ぜったいだ、ぜったいだ、ぜったいだ」

スッスッハッハ、スッスッハッハのリズムで、日の沈んだ暗い二月の霰降る道を、私は漕いだ。父親の命令は日本帝国陸軍上官の命令。絶対なのである。軍鶏150gを買いに絶対に谷さんの店へ行かねばならぬのだ。

――フラップ式の時計を知らない世代には、いや、知っている世代にも、わが家の様子は抱腹絶倒のギャグに映るだろう。聞いて笑うだろう。

私自身、わからないのである。なぜ、こんなギャグめいた閉塞に、ひとことも異を唱えず、身を縮こまらせていたのかが。

戦地で大隊からも中隊からも逸《はぐ》れた小隊では、次第に意味不明の恐怖統制が行われることがあるという。連合赤軍山岳ベース事件のように。

もしや恐怖の規模はずっと小さくなろうとも、しくみとしては同じような現象が、のどかな日常社会でも、ひゅっと点《つ》いてしまうのではないか。ちびっこスイミング教室の更衣室で、ほかの子供たちを服従させる一男児。公園で、ほかのママたちを服従させる一ママ。開放されているようで実は閉ざされた、小隊化した空間で、この現象はひゅっと点くのではないか。その男児に、そのママに、万引き現場を目撃されたわけでも、借金をしているわけでもないのに、複数の隊員が一人の隊長に逆らえないような恐怖が点き、籠《こ》もることが。

今になってもわからないゆえに、今からすればこのような状態にわが家も陥っていたのだろうかと推すだけで、ともかくも、この日、霰の中を私は命令に従った。――私は往復50分かけて、命ぜられた食品を手に帰宅した。

谷さんの店で買ってきた軍鶏と、谷さんから教えられた乾物屋で買った羅臼昆布。これにもともと台所にあった干し椎茸を用いて、私は土井勝さんの高著を見い見い、茶碗蒸しを作った。完成したのは七時を13分過ぎてしまった。

「茶碗蒸しひとつ作るのに、こんなにかかるとは、おまえは実に愚図だ」

父親は、ゆっくりと、じっとりと言った。それから次の注文をした。

「温燗《ぬるかん》で」

「はい」

酒を銚釐《ちろり》に注ぐ私の手は震える。

往復の自転車漕ぎで噴き出した汗が、茶碗蒸し作りのあいだに冷え、寒いのである。反射板のついた石油ストーブの上でちんちんと沸騰している薬罐に銚釐を入れ、父が好む燗酒温度になるよう、壁の振り子時計の秒針がひとまわりするのを待つのは、寒い身体を暖めるのを助けた。

経験から学んだ父親の好む温度をストーブの前で数え、銚釐を薬罐から抜き、戦艦のような体軀を、食卓に頰づえをつくことで支えている彼の手元に置く。

彼は銚釐の把手を摑む。酒が杯を満たす。杯が口に近寄る。喉が上下する。

私は左右の手をぎゅっとにぎる。

(寄りませんように)

祈る。燗のしかたが好みに合わないと、一瞬にして父の鼻に横皺が寄る。吻《ふん》に横皺を寄せた獰猛な闘犬のように怖い。

「ふむ」

横皺は寄らなかった。ほっとした。が、それも束の間。茶碗蒸しに箸をつけるやいなや、寄った。

「どうしてこうも……」

私を非難した。これだけよい食材を使わせたのに、このような程度の味にしか仕上げられないのかという非難。こんな出来になるのは、論理性を欠いた性格だからだという非難。注意力が散漫で、理性が欠如しているのだという非難。

――――後年を待たずとも彼の言い分は変である。その時でも、はっきり変だと思った。だが変な言い分にも、ただただ縮こまり、何らの異も唱えられなかったことのほうが、もっと変なのだ。――――

「すみません」

私は謝った。

「すみません、うまくできませんでした」

手をつき、額を床につけて謝った。

そこに母親が相互銀行から帰宅した。暗算珠算に秀でた彼女は、だが臭覚が鈍く、菓子以外の食べ物に関心がないので、彼女からは私の味つけに対する非難はない。かわりに弁護もない。最上位者が非難する対象を庇《かば》えば、さらに場が険悪になるのを避けているのだと思う。彼女はただ黙って咀嚼《そしゃく》する。私も黙っている。何か発したら次の非難を浴びるかもしれない恐怖で。三人は、いつものように、ひとこともしゃべらず、TVのついた食堂で夕食を終えた。

――――三人はTVに助けられていた。TVが発する陽気な声と音楽に。あの家ではTVはナニー★かメリー・ポピンズだった。――――

〈TVをつけながらの夕食ははしたないことです〉と、教育TVに出ていた評論家が言ったのを聞いたか、新聞で読んだのか、小学生のころに間接的に窘《たしな》められた。そのとおりだと思った。だから、自分の家の食堂ではつねにTVがついたままなのを恥じていた。しかし、ついていないとわが家の食卓はもたなかった。TVに助けられていた。

夕食後、私は自分の部屋でプリッツ一箱とカール一袋を、噛む間もないくらいに食べ、冷えていないコカ・コーラで流し込んだ。酒、醤油、味噌を定期的に配達しにくる酒屋さんが（注文量を増やすべく）、配達のたびに（有料で）付けてくるコカ・コーラやスナック菓子は、大正生まれの父母が好かぬ味らしく、いつもボイラー室にある。

食堂では味がわからない。満腹感がなく、カーテンでしきった自分の部屋でひとりになると、雪崩《なだれ》のように空腹を感じるのである。よくないと重々わかっている。だが、プ

★ナニー＝『ぼくらのナニー』。「メリー・ポピンズ」の現代版家政婦さんが主人公の海外ホームドラマ。NHKでは昭和46年放映

リッツやカールの、いかにもカジュアルな形と、嚙むときの陽気な音には、せっかくのよい食材もだめにする料理しか作れぬ自分の能力の低さを、いっときだけは忘れていられる、無責任にやさしい露天商のおばさんのようなものがあるのである。「あんたの顔もごつい身体つきもお父さんによう似てる」と、いつも言う父方親戚の佐知《さち》さんと母親の指摘を、いっときだけは忘れていられる。

冷えていないコカ・コーラを飲み干すと、犬井くんが送ってきてくれた田上公美子さんの写真を私はうっとりと眺める。サナトリウムで療養しているような骨組みの細い、いつも穏やかに微笑んでいる女の人が私は大好きだ。田上さん大好き。秋吉久美子より好き。

＊

四時間目の古典がまだ終わる前に、教室の前の廊下に犬井くんが来た。見えた。昨日の掃除中に、出入り口の引き戸に田の字に嵌《は》められた磨《す》りガラスの一枚に箒《ほうき》の柄をぶつけて割った男子がいて、一カ所、素通しになってスースー風が入ってきているのだ。そこから教室の中を見て、私を認めた犬井くんは、紙袋のようなものを耳のあたりに掲げ、ゆび指す。

古典I乙のテキストの味わいは全くよそにして、ひたすらひたすら品詞分解と助動詞の活用だけを生徒にさせてゆく古典の先生は、終了のキンコンカンが鳴ってもいつも授

業を延長する。犬井くんは廊下で待たなくてはならないだろうと思っていたら、

「ゴホン、ゴホン」

ものすごくわざとらしい、カタカナを棒読みしているような咳を、犬井くんは引き戸に顔を寄せて、した。

「アー、ゴホン。エー、ゴホン」

古典の先生は時計を見て舌打ちをした。

「しょがないな、今日はここまで」

わがクラスはやっと昼休みになれた。パンを買いに数人が出ていく。出ない男子は各自で、女子は二人ずつペアになって持参の弁当を机の上に出す。

「ククラっ」

暗子暗子と早く繰り返すので、ククラっと聞こえる。私は戸口に出た。

「これから弁当《べんと》？」

「ううん。もうよばれた。数Iのあと」

尾崎千秋《おざきちあき》と諸口旭《もろぐちあきら》の深夜放送ラジオを聞いているので床に入るのは何かと遅く、入ったら入ったで何くれと考えてしまい、それを枕元で書き留めたりしていると、寝るのは四時過ぎになる。朝は始業にかろうじて間に合う時刻まで寝ている。朝食をとる暇はない。半分寝ながら、前日の夕食の残りで弁当をこしらえて家を出てくるので、たいてい一限か二限の授業後に食べてしまう。

「ほな、サンドイッチ食べへんか」

犬井くんは紙袋を、私の顔の前に突き出した。

「くれるん？　痩せなあかんのとちがうの？」

「明日から痩せえ。コーバイ行こ」

　体育館に行く渡り廊下の手前の、やや奥まったところに置かれた細長い事務机に、昼食どきには提携業者が運んできたパンが並ぶ。事務机のそばには、昼どきだけ、折り畳み椅子が置かれ、買ったパンや飲物にかぎらず、自分の弁当を食べたりできるコーナーになっていて、そこを生徒たちはコーバイと呼んでいる。

「満員ちがう？」

「まあ、行ってみよ。行こ行こ。サンドイッチや」

　セーラー服の袖を犬井くんに引っ張られ、コーバイに行くと、ちょうど二人の生徒が椅子からたったので、席に空きができた。われわれはそこにすわった。

「遠慮無《の》う食え」

　犬井くんは持参の紙袋を開けた。

　法事などで残った料理を持ち帰るのに使う透明なプラスチックの容器に入っていたのは、中身がだらしなくはみだした見苦しいサンドイッチだった。七個入っている。犬井くんは一つをつかみとり、私の口の前に持ってくる。受け取る。

「妹が作りよったんや。昨日の夜ごはんはこれや。山ほど作りよったんや」

「小学生？」

サンドイッチの見栄えから私は推測した。

「一つ違い」

「えっ。ほな私と同じ学年？　何組？」

「学校がちがう。ハマ高や」

滋賀県立濱根高校。通称ハマ高。県下一の進学校である。犬井くんと私の通う虎高は、県下一の交通不便校である。駅と平和堂のあたりだけは昭和50年の今の風景。駅と平和堂から離れるに従い昭和40年、30年、20年ふうの風景になる。私の家のあるあたりから犬井くんの家のあるあたりまでの道などは、小森が多く、そこかしこに甲賀忍者が、隠れ身の術を使わずとも潜んでいられそうな道である。虎高エリア在住者からすれば、国鉄沿線の大きな町にあるハマ高に通うのが逆に交通不便になるため、ハマ高に行ける偏差値でも虎高を選ぶ生徒がほとんどだ。このあたりに点在する忍者村を結ぶ私鉄藤丸電鉄、通称丸電がまたバカ高く、ハマ高に通うとなると、バカ高な丸電代＋国鉄代で虎高に通うより交通費が四倍はかかるから、経済的にも通える家庭が限られる。虎高エリアからわざわざハマ高に行っている女子となると、お嬢様でかつ、学齢に達してから1番以外はとったことがないような生徒だけである。

「すご賢い妹さんなんやな」

「料理はすご下手や。そやのにたまに気まぐれおこして、ワタシ作る、とか言《ゆ》うて、はりきりよんねん」

「へー、ほな、ありがとう、よばれさせてもらうわ」

謙譲と受け取ったのだ。立派な品を中元歳暮に贈っても日本人は「つまらないものですが」と言うではないか。才色兼備な令嬢が結婚するときでも両親は「ふつつかな娘ですが」と言うではないか。決まり文句で言っただけだと思った。ぱくとサンドイッチを口に入れ、噛んだとたん、喉がひきつった。

うげっ。聞き苦しい息が口から出た。吐き気がした。目の前に紙袋。だがそこにはまだサンドイッチが入っている。スカートのポケットに手を入れハンカチをにぎり、離す。いやだ。こんなものをハンカチに出すのは。しかたがない。味わうな。念じた。味わってはだめだ。やみくもに噛み、呑み込んだ。

――昭和50年にはロール式のトイレットペーパーなら普及してずいぶんたっていたが、箱からしゅっと引っ張って抜くやわ紙は市場に出回ってはいたものの贅沢品だった。シュッと引っ張るタイプのものだけをわざわざ「ティッシュ」と呼び、同級生の誕生日などには一箱をラッピングしてプレゼントにしたくらいだった。普段は、束になったちり紙から一枚なり二枚なりをいちいちとって、「ハナ紙」と呼んで使っていた。ハナ紙にも縮緬《ちりめん》状の皺の寄った安価なものと、繊維の細かな高価なものがあった。淡いピンクやみず色のものはもっと高価だった。ポケットティッシュも広く普及してはいなかった。外出や通学時には、高価なほうのハナ紙を小分けして、袱紗《ふくさ》をポップにしたような可愛いデザインのビニール袋などに入れて、鞄やポケットにしのばせた。――

「フレッシュのレタスサンドや」

涙目になっている私に、犬井くんは申しわけなさそうに言った。フレッシュなレタスのサンドイッチという意味ではないのは、食べたらわかる。コーヒーに入れる液体クリームのほうのフレッシュで、それをたっぷり使って、キユーピーより酸味の弱い味の素マヨネーズを少しまぜてレタスにかけ、それとキャラメルのように甘いタレで煮た豚をパンにはさんだものだった。

「コーラ、おごったるわ」★

犬井くんは、コーバイのおばちゃんの立つ横の、赤と白のカップ式自動販売機でコカ・コーラを買ってくれた。一口食べたフレッシュのレタスサンドの残りを右手に、左手でコーラのカップを持った私は、うつむいたままでいた。

「ごめん……あかんわ……」

「そうか。暗子でもあかんか。昨日の夜は、これが山盛りやってん」

犬井くんとお母さんは一つずつ食べ、あとはボンカレーですませたという。たくさん残ってしまったが戦後食糧難のころを知っているお母さんは捨てられず、「明日、学校で、お連れにあげなはれ」とプラスチック容器に入れてくれた。休み時間に運動部の男

★「コーラ、おごったるわ」＝無糖飲料が自販機に入るのが一般的になるのは昭和55年から

子たちに回したところ、みな一つ、それも顔をしかめて食べただけだったので、残りを私に持ってきたのだそうだ。犬井くんのクラスには運動部の男子がそれなりにいるだろう。それが一つずつ食べて、さっき私が一齧《かじ》りしたもの含めまだ七個も残っているとは、犬井くんの妹さんはよほど大量にサンドイッチを作ったのだ。

どうしたものかと、われわれは折り畳み椅子に並んですわり、渡り廊下のほうをだまって見ていた。

「そや」

やおら犬井くんが立ち上がった。サンドイッチの入ったプラスチック容器を乱暴に紙袋にしまい、今度は私の袖ではなくセーラーカラーの後ろを引っ張る。つまみあげられるように私は立つ。

「ちょ、つきおうて」

歩いていくので、ついていく。

虎高は教室も渡り廊下もみな土足だ。渡り廊下から体育館に沿って第二グラウンドに出、野球部のネット裏まで歩いて行った。

田園地帯にある虎高は、駅に通ずる正門前を除いて、敷地はコの字に川に囲まれている。川には何カ所か、コーバイに置かれているような長細い、廃棄処分になった古い机が投げ込まれている。農家の生徒が田んぼの畦《あぜ》道を抜けて近道をして、橋代わりに校内に出入りするのである。

野球部のネットの裏手は「魅惑の森」だ。半径三メートルほどの、竹が数本生えた藪《やぶ》。広木先生からは江戸末期まで罪人が斬られる刑場だったのだと聞いたが、虎高の生徒は「魅惑の森」と呼ぶ。相思相愛になった男女が、初めてのキスをする場所だとされている。だが、狭すぎるし、周囲の田んぼからも、遅くまで練習している野球部員からも丸見えだし、そんな用途に使えそうなところではない。

「魅惑の森には明け方にイノシシが来《き》よるらしいて、聞いた」

野球部同様グラウンドで練習をするサッカー部の、手紙にあった「N」から聞いたらしい。

「そうなんや、イノシシが。そら名案や」

「イノシシなら食いよるで」

先に犬井くんが机の橋まで川を跨《また》ぎ、私がつづいた。机は川の幅には足りておらず、一部はバランスをとり、かつ大きく跳ばねばならない。犬井くんが跳び、私の跳躍補助をせんとふり向いてくれたが、その必要はなかった。気づいている同級生も体育教諭もいないが、私は幅跳びや三段跳びが好きで、だからハイデ・ローゼンダール選手の写真は、新聞に見つけると切り抜いているのだった。

――それにしても、犬井くんも私も、実に昭和50年の高校生だった。サンドイッチをイノシシにやらんとする行為は、現代の若者には、スマホがない環境より理解できないのではないだろうか。小学校時代に給食は絶対に残してはいけないと教えられて高校生になったわれわれは、腐っているわけでもなく、また妹さんが得意満面で作った「食べ物」をポイとごみ箱に捨てることができなかったのである。――――「N」のイノシシ情報が本当かどうかは気にしなかった。むしろ二人とも真偽に注意を向けないようにして、プラスチック容器の蓋を開け、蓋に石を載せて重石《おもし》にし、サンドイッチを「魅惑の森」中央に置くと、また机橋をわたり、グラウンドにもどった。川をわたるまではバランスを崩さぬよう慎重に跳んだが、学校の敷地にもどると走った。食べ物を粗末にしたという気分から逃げたのだと思う。渡り廊下からは歩いた。

「妹が料理しよるんは、俺もおふくろも、正直、大迷惑や」

「妹さんは、かわいそうになあ」

あんなサンドイッチを夕食に作って、彼女はどれだけお父さんに叱責されただろう。どれだけ貶《けな》されただろう。

「暗子が気にせんかてええがな」

「お父さんが怒らはる時は犬井くんが庇《かば》ってあげるの？」

「親父が怒る？　なんで？」

「今言うたやんか。妹さんが料理作らはると、お母さんも犬井くんも迷惑やて。そな、お父さんなら、ものすご怒らはるやろ？」

「何を？」

「何をて。何が、何をや」

「何を怒るんや？」

「そやから料理を」

「だれが？」

「そやからお父さんが」

「なんで親父が怒るんや？」

「そやから料理を」

「そやからなんで親父が料理を怒るのやて訊いてるんやないか」

「そやから、料理の出来が良《よ》うなかったんやさかい、お父さんは怒らはるやろが」

「怒るわけないやろが。親父やで。妹が作るもんは何でも、うまいうまいと、とろけそうな顔してよろこんで食べよるがな。昨夜かて、あんな不味《あじな》いサンドイッチを、ばくばく十個ほど食べとった。それで俺らは助かって、ボンカレーに切り換えられたんや」

「犬井くんの家では、お父さんが、子供の作った料理を褒めはるの？」

「大絶賛、称賛の嵐、アンコールでブラボーや。俺がたまーに目玉焼き作っても、お、すまんな、くらいやのに」

非常識な家庭。

私には犬井くんの家庭は、そう感じられた。

「妹のサンドイッチのことなんか、もうよいがな。それより読んでくれたか？　あれ」

犬井くんがわざわざ一年生の棟まで来たのは、妹さん手作りのサンドイッチが残ったことにかこつけて、自作の詩の感想を求めるためであった。

「あ、えーと、あの詩は……」

えーと、と心中で私は考え、うーんと、とまた考え、えーと、とさらに考え、

「トニカクとは、あんなふうに漢字で書くんやと……」

兎に角。犬井くんの手紙で一番印象的だった部分。

「それと……」

いい、あなたを貴女と書かないほうがよい。こんなことは個人の趣味だから余計な感想か。いや、感想を言ってくれと言われているのだから言うべきなのか。いや、たんなる自分の好みと評としての感想はちがうのだから、やはり言わないでいるべきだ。等々の複数の思いが、それも詩とは直接関係のない思いが、一時《いちどき》に頭に浮かんだ。一時に複数の思いが頭に浮かんでも、頭のよい人はすぐに適切に処置ができるのだろうが、私の脳味噌は処理が遅い。無表情になる。

キンコンカンコンが鳴ったので、「ほな今度な」と一年棟のほうへ走った。気づいている同級生も体育の先生もいないが、鈍重な見かけに比して短い距離を走るのが私は速かった。

＊

「あの詩はまだまだやった。ポストに入れてから自分で思《お》もた」

放課後の講堂で犬井くんは言った。

「そんなことない。すばらしかった。大いによかった」

「心のこもらん褒め方」

犬井くんはダーツの矢を指先で回す。柔道着を着ている。ほかの男子部員も着ている。模造紙で作った的《まと》を講堂の薄暗い壁に貼ってダーツをしている。『ミュージック・ライフ』や『FMレコパル』★を読んだりもしている。合間にちょっと柔道をして、通りかかる顔見知りに声をかけるのが虎高の柔道部である。

「心こめた。ただ、詩を送る相手をまちがえてると思《お》もて。あの詩で讃えた人に送ったらええやんか」

「送れない。日本にいない」

「外国人か？」

「日本人」

「なら航空便で」

「住所がわからん」

犬井くんはダーツの的に矢を投げると、

「年上の人」

★『FMレコパル』＝FMラジオの洋楽とジャズ番組情報誌

ポエティックに言う。

「世田谷区生まれ」

「世田谷区？　そんな東京の人とどうやって知り合《お》うたん？」

「駸々堂でめぐりあった」

「しんしんどう？　京都に引越して来はったん？」

私が訊くのとほぼ同時に犬井くんは部室のほうへ行き、また出てきた。

「これ」

駸々堂のカバーのかかった本を見せた。

「ポスト入れてから反省した。詩だけ見せたかて意味わからへんやろなて」

硬い表紙ではなく、（曲げようとしたら）ふんわり曲げられる程度の紙の表紙の本だ。

「まずこれを暗子にも読んでほしい。ふつうの女の子が正しいと思うことを妥協しないでやってきたらここまで来ただけなんや」

犬井くんは本を私の、喉の下から胸にかけてのあたりに、文字通り押しつけてきた。

「わかった……」

私は、犬井くんから、こうして本を貸された。

＊

借りた本なのだから汚さぬよう、駸々堂のカバーの上に、さらにスタイリスティックスのモノクロの綴じ込みポスターを『ミュージック・ライフ』から切り取ってカバーにしてつけた。夜にすぐに読み始めた。

ページを開いてすぐ躓《つまず》いた。

開いてすぐの数行が私を縛った。

縛られたままページを繰っていくので頭に文章が入ってこない。また最初のページにもどる。繰り返しているうち、涙がにじんできた。

(私は脳味噌がアホや……)

カーテンでしきった自室でハナ紙を二枚とった。

縮緬状の皺の寄ったほうのハナ紙で涙をふき、ハナもかんだ。

【オリーブの樹の影に貴女は抱かれ、ぼくは孤独に沈む】

犬井くんは、この本を読んでこう詩作していたが、私は強い劣等感に沈んだ。

だれしもが劣等感を、自分の内のクロゼットに持っているが、健やかな時はそれが、各人のいい塩梅《あんばい》の重石になっている。その所有量がほどよい人はなおさらいい塩梅にエレガントさを醸し出す。

私はソ連の鉄鉱石並に埋蔵量が多いので、保管が難しいのである。頻繁に荷崩れをおこし、いったん荷崩れすると、劣等感の沼に足をとられてしまう。劣等感沼はすり鉢状で、もがくほど沼底に引き摺りこまれる。自分には得意な教科がなにもない。脳味噌がアホだ。せっかく駸々堂書店で犬井くんが買ってきた本も読めない。顔も悪い。汚い。

目がいやだ。頭の悪そうな汚い目。指が皺だらけのグローブのようだ。貧乏臭い。

(消せたらよいのに)

目鼻口も図体《ずうたい》もラッカーシンナーで消してしまいたくなる。家の人の言うとおりだと、心から思う。

「女は注意力散漫で意志が弱い」が父親の信条だ。『金閣寺』の主人公のお父さんさながら〈幼時から私の父はよく、女の頭の悪さを語った〉。彼は生理的な根底で女という生物を憎んでいるのだろう。

「高齢出産だから、あなたには二人の親の、劣った遺伝が集まって出ている」が母親の信条だ。『金閣寺』の主人公のお父さんさながら〈幼時から私の母はよく、私の外見の悪さを語った〉。愛せぬ夫の遺伝子を映した顔に、自らの失敗を告げられるのだろう。

二人は私がものごころついてよりずっと、会話をしない。連絡事項だけを交わす。本心では二人とも結婚せずにいたかったのだろう。

家の人の思いは、私のような弱輩にも慮《おもんぱか》られるのではある。だが、二人の歪《いびつ》な庭訓《ていきん》は早期スタートの甲斐あって、幼少時より私の身に染み込んでしまい、ほんの些細なことでクロゼットで鉄鉱石の劣等感が荷崩れをおこすので困る。

(消せたらよいのに)

自分の醜い目や鼻や口、他人から痩せろと頼まれる図体《ずうたい》をラッカーシンナーで消せたらよいのに。

――捕虜地からの帰国軍人を支援する団体が家の人を引き合わせた。珠算技能を活かして、女子一生の仕事として相互銀行に勤めていた三十半ばの女性行員は、結婚しないでいることが、ある種の非常識と見なされた当時の田舎町にあって、常識的であらんとして縁談に諾《うべな》ったのだろう。結婚後も出産後も仕事を続けることが諾いの条件だった。それは元陸軍士官からの条件でもあった。十年の囚われの極寒地からようやく帰国できた祖国で他人を養う経済力はないのだから。

彼らのネガティブな庭訓は、今からすれば、念仏だったのだろう。当時の田舎町では離婚という行為は、反社会的であり悪事だった。はじめから気乗りのしなかった結婚の、失敗の結婚の、結果としての子である私の、頭の出来や外見を貶《けな》すことで、離婚したいのにできないでいる辛さを、南無阿弥陀仏、南無阿弥陀仏と唱えてまぎらわしているような境地だったのではなかろうか。

気の毒な二人であった。それこそ幼時から私ははっきり感じていた。気の毒な二人ゆえに、意味不明の叱責を受けても異を唱えられなかったのだろう。もうすこししなやかに対応する技術があればよかったのだが、私にはそれはなかった。低スペックの身には。

――二人の指摘どおりに、得意なものや美点のない私は、だから田上公美子さんの写真がほしい。走り幅跳びのハイデ・ローゼンダール選手の写真がほしい。神様、お願いです。どうかどうか来世では、こんなきれいな顔と身体でありますように、エーメン、ハレルヤ。そう祈る私は、だから犬井くんから貸された本が読み進められなかった。

本の題名は『わが愛わが革命』。講談社刊。慶昌堂株式会社印刷。若林株式会社製本。著者は重信房子《しげのぶふさこ》。

あさま山荘が鉄球でぶち壊されるニュース中継を目にしたとき十三歳だった私は、ゼンガクレンとレンゴウセキグンの区別もついていないくらいで、著者の名前は新聞やニュースで見聞きしたことがあったものの、思想や活動については無知であった。だからこそ何らの先入観なく、読み始めた。

すると、五行目にこうあった。

【書きながら私は父の言葉を思い出す。「うちの娘は、この世が安けくないから、安けくしようとして頑張っているふつうの女の子です。娘は指名手配されていますが、歴史が評価を決めましょう」と】

犬井くんも私にこの本をわたすとき、「ふつうの女の子が正しいと思うことを妥協しないでやってきたらここまで来ただけ」だと言っていた。

ふつうの女の子の重信房子は一行目に、自分の思いを書きますとの旨、書いていた。そうか、どんな思いなのだろうと、読み進めてすぐ五行目に、お父さんの言葉が出てきたのだ。

「お父さんに！」

私は思わず叫んだ。自分の大きな声に驚き、カーテンで仕切った部屋を見わたし、大きな声が自分の出した音だったことにまた驚き、もう一度、ページに印刷された活字の並びを読み直した。

【私は父の言葉を思い出す。「うちの娘は、この世が安けくないから、安けくしようとして頑張っているふつうの女の子です。娘は指名手配されていますが、歴史が評価を決めましょう」】

読みまちがいではないことを確かめると、ラムネのビー玉を呑み込んだような感触が喉におき、開かれた本の上に両手をハの字に置いたまま、口を開いたまま、口で息をしていた。

「自分の思うことを書くのに、お父さんに応援してもろてはる！」

こんな非常識な本を講談社は出しているのだ。そう思った。犬井くんのお父さんが、犬井くんの妹さんの作った料理を褒めたりよろこんだりするのを非常識だと感じたのとまったく同じに。

ショックだった。ものすごくショックだった。自分の父親に、本を書くことを応援してもらう子供が。自分の思いを書いていることを親に隠さない子供がいるということが。

＊

犬井くんも私も一学年進級したが、重信房子の本は私の手元にあった。

二年になっても、私は『わが愛わが革命』の読了に努めた。始まってすぐに出てくる

「お父さん」に目をつぶり、ページを進めるものの、「お父さん」が足を引っ張ってきて挫折。また最初から読み始めるが「お父さん」で挫折。何度も、ふりだしにもどってしまうのである。他の本は授業中にも読んでしまい、一日一冊でも読めてしまうのに、いや、他の本を読んでいることでまた、この本が読めなくなる。

＊

二年の夏休みになっても、読めないままだった。

NHKで、重信房子に関係するニュースが流れた。重信房子属する日本赤軍がクアラルンプールのアメリカとスウェーデンの大使館を占拠し、日本政府に仲間の釈放を要求したのである。

牢屋に入れられていた坂東國男は、この取引により、「超法規的措置」という耳慣れぬ名分により国外に釈放されることになった。

——護送したのは（護送せねばならない羽目になったのは）、坂東國男たちがあさま山荘から放った銃弾で命を落とした警察官の部下たちである。部下たちにしてみれば、悔し涙を堪《こら》えての護送だった。こうしたことに、だが、高校生のころには思いを及ばせることはできなかった。坂東國男の母校である滋賀県立高校の優秀な生徒ならできたのだろうか。——

坂東國男の母校の生徒ではないが、重信房子の本を貸されていた私は、深夜に家をしのび出た。

尾崎千秋が近畿放送ラジオの深夜放送で「愛のラブレターコーナー」への投稿を読み上げるころは、家の人が眠り込んでいるので、階段をのぼりおりする音や玄関戸を開け閉めする音に気づかれない。公衆電話をかけるために家を出たのだった。

――あのころ、家の人は（父親も母親も）、私に電話がかかってくると叱責した。かけてきた相手もかけられた私も。私のほうから電話をかけるときは監視した。

実習授業に必要なコンパスやエプロンについて同じ班の生徒に連絡するような電話も、小学校のときから仲のよい同級生がくれた誕生日のプレゼントにうれしかったと感想を伝えるような電話も、電話はすべて監視した。かける相手の住所を町内電話帳で調べ、世帯主の名前を確かめ、ダイヤルをまわす時点から私の背後に立ち、応対した相手の家の人に対し、明るく、明るく挨拶をするかどうかを監視した。

明るく、というのは大きな声ではきはきと礼儀正しく、ということだったのだろうが、背後でじっと監視されているので、緊張して声は小さくなり、受話器を持つ手が震えることもあり、それは背後から見る者には「じめじめした態度」に映り、それがまちがっていると叱責するのである。

遠縁の家に荷物を送ったのが遅れたことを、運送会社に問い合わせたときなどは、やりとりのうちに「保留にしておく」と私が言ったことに対し、「保留などということばを使うのは暗い」と叱責された。そのすさまじさたるや、昂奮のあまり父親は失神するないか。

のではないかというくらいだった。

「保留」と運送会社に言うのがなぜ暗いのかはわからない。だが、今からすれば、森恒夫や永田洋子も、山岳ベースで「総括」と言うとき、この語に意味などなかったのではないかというくらいだった。

人はとかく、自分の状況から他人のそれも想像してしまうものだ。私は自分の家の状況から、他の生徒の家もそうなのではないかと、いつも心配した。私が電話をかけたりすれば、向こうも叱責されるのではないかとびくびくした。

だから「電話をかけてもよい家の子」はだれであるか、僅かな人数の氏名を、ドアのない部屋の、高い高いところに小さく切った窓から見える青空のように、頭に刻んでいた。「ぜんぜんかまへんで。電話なんかいつかけてきてくれたかて。家の人？　そんなん、秘密の約束するわけでもないのに、へんなの。なんも気になんかしはらへんわ。だいたい、電話のそばに家の人なんかいはらへんわ。テレビのないとこに電話あるさかい」。こんなふうなことを、私のびくつきに対し、きょとんとして言った「かけてもよい家の子」を。とりわけ、家に電話機が一階と二階に二台あり、二階のほうは自室のすぐ前にあるから、いつかけてきてもよいと言った犬井くんは、もっとも濃く刻まれていた。――

日本赤軍がクアラルンプールから日本政府に仲間の釈放を要求したことについて、私は犬井くんに、なにをどう話したいのかわからないまま、ただ落ち着かなくてダイヤルをまわしたのである。

深更だったから四回コールで切った。

受話器を持ったまま、持っていないほうの手でフックを押さえたため、受話口からツーツーという音がする。

それを聞いたら「超法規的措置ていったいどういうこっちゃ」という問いかけを、もう犬井くんにしたような気になった。ツーツーと音のする受話器を、ムササビだとかヤマネだとか、いるにはいるが間近でしげしげと見たことのない生き物の死骸を見るように、私はしばらく見て、それからカタンとフックにもどした。

電話ボックスを出ると走って家にもどり、忍び足で部屋にもどった。

＊

翌々日、平和堂のレコード売場で、偶然、犬井くんに会った。

「あ、暗子。おとといの夜、電話くれたか？」

「した」

「やっぱり、夜中のあれは自分やったんか。そうかなとは思《お》もたけどアヘアへでパスした」

アヘアへとは近畿放送のディスクジョッキー、尾崎千秋が用いるオナニーの隠語である。

「そら邪魔して悪かったな」

「オナニーをしていたから電話に出なかったと単刀直入に説明される女子」であることは、私の自尊心をこのうえなく満足させた。満足しきって坂東國男も重信房子も飛んでしまった。

——今からすれば、こうしたことを名誉であると感じるのは共学育ちの女子の騎士道精神ではあったろうが、私個人の幼い無知でもあった。

性の領域について、とりわけオナニーについて白昼公然と愉快に語ることが、聞き手側の男にも女にも受容されるのは、しかし男だけに限られるのである。同じことを女がするなら、きわだつ美貌の女しか許されない。しかも、きわだつ美貌の女も、アバンギャルドにアーティスティックに語らねば許されず、愉快に語れば、その時点から、美貌の女とは見なされなくなる。この残酷と無念に、まだ十六歳だった私は、気づいていなかった。——

「おれ、東京の大学受けることにした」

「うん」

「そうせんと、始まらんがな」

「うん」

「だろ?」

「うん」

「そやから行く」

「うん、行け」

私は犬井くんの背中をバンと叩き、平和堂の一階で夕食の食材を買い、家に帰った。元気満々になっていた。犬井くんが東京に行こうとしていることを知り。――東京に行けば夢が叶う。東京に行けば現状から抜け出せる。南無阿弥陀仏ハレルヤを唱えるようにそう信じている高校生は、あのころ、田舎にはとてもたくさんいた。彼らが愛、彼らが革命は、まずは東京に出ることだった。――

＊

クリスマスになっても、犬井くんから貸された本は読めないでいた。読みかけたのだからちゃんと読了するつもりではいた。だが、進めないのだった。

「なんでテルアビブなんや」

著者の「お父さんの応援」の次には、これが進みの足を引っ張る。

著者のお父さんではなく自分の父親に頼まれたものを買いに行った帰り、途中の公衆電話ボックスから犬井くんに電話をかけた。お兄ちゃん、いはらへんわーと、ハマ高に通う妹さんから言われた。

同じ日の夜、公衆電話からかけた。

「革命家になるて決心しはったんやろ。日本国内で差別されたり貧乏したりして困ってはる人がぎょうさんいてはるのに、それ措《お》いて、なんでテルアビブやの？」

「テルアビブに行くさかいええにゃ」

「人民のために闘うて、この人は言うてはるやんか。そやったら、ロッド国際空港でいきなり鉄砲で撃たれて殺された人らはどうなるん？　その人たちかて、ふつうの人民やんか。ふつうに毎日暮らしてて飛行機乗ろうと思《お》もて歩いてはったらいきなり殺されるて、その人らは人民とちがうん？」

つづけて訊くと犬井くんは、

「重信さんは美人やないか。美人はテルアビブに行くにゃ」

と即答した。

「えっ？　ええっ？」

「美人は革命するんや」

「えっ？　ええっ？」

「ラジオ講座が始まるさかい、ほな」

切れた。

＊＊＊

そして45年が経ったのである。

45年前、たいていの家では固定電話が一台あるきりだった。

重信房子は明治大学夜間部の同級生やキッコーマンの同僚に自宅から電話をかけることができた、きっとできた。そう思うが、私は家の人がいるときに、だれかに電話をすることはできなかった。だれかが私に電話してきても叱責された。

禁じられた恋の相手でもない犬井くんに電話をするのも、誕生日のプレゼントをくれた百合子ちゃんに御礼の電話をするのも、足音をしのばせて階段を下り、蝶番《ちょうつがい》が音をたてぬようにドアを開けて閉め、走って公衆電話に行っていた。

スマホはなかったのである。

「世界同時革命」や「米国帝国主義打倒」のスローガンによる歌垣《うたがき》で、若い男女はバリケード《垣》で国家を封鎖したが、革命を叫ぶ男子学生の傍らで幾人もの女子学生が堕胎手術を受けていたことを、それも何回も受けていたことを知ってしまった、彼らより一まわり下の犬井くんと私の世代はもう、講談社刊行のソフトカバーの本を、思想書として読めなかった。ソフト《やわ》に、ヴィジュアルでそれを見たのだった。愛とか革命ではなく。

夜の公衆電話で、えっ、ええっと、私が叫んだのは、テルアビブに対してではない。重信房子の思想に対してでもない。田上公美子さんの、ローゼンダール選手の美しさに同意してくれていた犬井くんの目に、重信房子が「美人」と映っていたことに対してである。

令和二年に、スタイリスティックスの手作りカバーをかけた本を開く。古い紙の臭いが鼻孔にうっすらと流れてくる。

重信房子の写真が何枚も収録された本だ。45年前にも見た。犬井くんも見た。私ははじめ、その写真を見た犬井くんが、文学的なポーズをとっているのだと信じて疑わなかったのだ。

著者写真がぶさいくだと言うのではない。若い娘さんらしいかわいらしい写真だった。45年前にもそう思った。だが、美人というのは田上公美子さんや、眼鏡をかけたローゼンダール選手のような顔だと思っていた。

美しい顔とは、男でも女でも、首という長さのある部位がさらにそのまま伸びて膨らんだように頭蓋骨が形成され、形成されたそれはコンパクトなのに後部が明瞭に張り出して曲線を描き、描いたそれを覆う肌理細かな質の皮膚に、目鼻口といった部品が、過不足のない配分で配置され、各部品の形状には極端な曲がりや垂れや吊りや大小のない状態のことである。

だから犬井くんが、重信房子に恋をしたというのは、駸々堂で本を買うような男子の文学的なパフォーマンスだと信じて疑わなかったのである。

美人女優のジャクリーン・ビセットやアイドル的人気のパメラ・スー・マーチンではなく、ゴダール映画で注目されたアンヌ・ヴィアゼムスキーや退廃的痩せ型女優のシャーロット・ランプリングを「存在感がある」などと褒めてこそ、知的でスタイリッシュな男の趣味だと鵜呑みにしているお年頃というのがあるではないか。それだと思っていたのである。

むしろ美人なら惹かれず、本を読んで、そこに綴られた内面に惹かれた……というより、女性の内面に惹かれるような文学的なぼくに惹かれて、「あなたに会いたい」と詩作したのだと。

『FMレコパル』を退屈そうに読んで詩を書くような犬井くんは、田上公美子さんやローゼンダール選手のような美人ではなく、「ぼくなんかはこういう人に恋の詩を書いちゃうんだよ、っと」的な心情だったのだと。

ショックだった。アニメ『巨人の星』の主題歌の〈思いこんだら試練の道を〉の箇所を〈重いコンダラ〉だと高校生になるまで信じていたという人のショックを打ち明けられて、歌詞がテロップで流れるのに、なぜそんな思い違いをこの人はしていたのかというような二回転ショックだった。

犬井くんは田上公美子さんの写真もくれたし、田上さんのほかにも、羽鳥亜樹さんの写真も、××さん、××ちゃんの写真も撮ってきてくれた。いかなる造作状態をもって美人だとするかの点において、われわれは一致していて、だから詩を見せてくれたのだと思っていたのに、美人を判定する目が全然ちがったのだ。

犬井くんがもし「重信房子は俺の好みの顔だ」と言ってくれたら。「雰囲気が好き」だとか「色気がある」とか。大雑把に「かわいい」でも。とにかく、彼女に魅力を感じるという意味の形容詞を選択してくれればよかったのだ。それなら、なるほどと私はまた読書再開をしただろう。

重信房子の写真を見て、「若い娘さんの写真」だと思った私は、永田洋子の写真を見ても、そう思った。

にもかかわらず世間の人が永田洋子には「美人」という形容をつけないのは、世間に流布している彼女の写真が、逮捕時や指名手配時のものばかりで、ハイ写真を撮るからこっち向いて笑って、と撮り手が撮った写真が一枚もないからである。

そして永田洋子の髪が短いからである。重信房子のように髪をストレートに長くのばして、頭部のセンターで左右に分けていない。拘置所に収監されてからはともかく、それまでは、左翼運動をしていても髪はのばせるのだ。田上公美子さんのようにミニバーグをかけなくても、ただのばしてロングヘアにはできる。なのにしなかった。ワンレングスのストレートロングでセンター分け。この髪形が許せない人格だったのではないか、永田洋子という人は。犬井くんに訊いてみたい。

またいつでも会えると思っていた。

時間など、いくら浪費しても費《つい》えないとしか感じなかった。

大学入試が迫った三学期の二月から、三年生は自宅学習となり登校しなくなる。校内では会わなくなったが、春休みにでも彼の家近くまで自転車を漕いで、返しに行くつもりだった。

しかし会えなかった。読了できていないことで連絡しそびれているうち、電話番号もわからなくなった。

あのころ、田舎町には進学塾はなかった。国鉄線に乗り換えて行く大きな町に公文式教室が一つだけあったようだが、私は公文式というものの存在も知らなかった。旺文社が放送するラジオ講座が、唯一の都会的な最新の受験勉強だった。

「ラジオ講座が始まるさかい、ほな」。

これが犬井くんの声のレイテスト（latest）だ。今、彼がどこでどうしているのかわからない。この声を聞いて以来、ずっと知らない。

以上が犬井くんから本を借りたままでいたわけである。

2　共学と体育、ギターと台風

共学だったか別学だったか。最たる差は体育ではないか。

名簿を見て思う。

南武線沿線のシェアハウスの棚の奥からサミットストアの袋に入って出てきたのは犬井くんから借りたままの本と、この名簿である。小さい。名刺を三十枚くらい重ねたほどのサイズだ。薄いみどり色の厚紙の表紙に〈昭和50年度　生徒名簿　滋賀県立虎水高校〉と印刷されている。事務職員の手作りかというくらい安っぽい小さな名簿は、令和二年の今、中を見るとたまげる。

校長、教頭から講師、図書司書、事務も。校医、歯科医、薬剤師も。全員のフルネームと住所と電話番号が記載されているのだ。〈小林や江　購買〉まで記載されている。個人情報を取り扱っているという意識など皆無だった時代の名簿である。これが全校生徒に配布されていたのである。

(コーバイのおばちゃん、や江さんって名前だったのか)

や江。古風な名前の、このおばちゃんに、「あんた、乾佐知《いぬいさち》さんの親戚なんやて?

うち、佐知さんて、たまらんわ。苦手やわ。あの人、底意地悪いやろ」と言われたことがある。サンライズを買いに行ったとき、いきなり。

学校や道で顔を見かける人の情報が、名簿に記載されておらずとも、どこからともなく、確実に洩れて、洩れているのに表面上は洩れていないようにしているという、P&Gのウィスパーナプキンのような社交が形成される田舎町であった。

体育ができる生徒。

世界規模、全国規模の競技大会で優秀な成績をおさめるよりむしろ、校内の日常の体育の時間においてこの存在であれば、ウィスパーな町では、いじめられることはない。数学や物理より、体育の時間が、青春に陰影を濃くつける。とくに共学では。

体育ができない生徒。

だから、この存在もまた共学の校内では目立つ。とくにそれが男子だと。

スマホはなかったので、サンライズが関東ではメロンパンと呼ばれていることを知らなかった公立共学の高校に通っていたころ、私は相沢くんという下級生男子を知っていた。

名簿は、はじめに教職員ページがあり、校長教頭から始まり購買部担当者、歯科医で終わる。つづいて生徒ページになり、1年1組の1番の生徒が先頭である。

(相沢くん、名簿まで1番だったんだ)

成績も1番だと、彼と同学年同級の女子から聞いていた。

相沢くんのことは、顔だちも髪質も骨格も声も歩き方も肌質も、鮮明におぼえている。名簿の1番に記載されているのを見たら、今この部屋にいて、自分の向かいに腰かけているように、ありありと見えてくる。

（相沢喜《き》一《いち》……）

喜一という名前に違和感をおぼえることさえ、当時のままだ。

（そうなんだよね、ほんとは喜一だったんだよね……）

職員ページ同様、生徒ページも個人情報大漏洩で、全生徒の学年・組・氏名と所属部活と、住所も電話番号も、さらに保護者の名前（たいていの場合、お父さんの名前になるが）まで記載されて、全校生徒に、配布されていた当時である。

喜平次。相沢くんの欄には、保護者としてこの名前が書かれている。相沢くんが喜一という名前なのは、おそらく喜平次さんの長男だからだろうが、かつて講堂で出会うときには、相沢くんはこの長男らしい名前では呼ばれていなかった。

（大字冨緒四七七……）

令和に暮らす私はスマホで、当時、相沢くんが住んでいた字《あざ》と虎高の距離を調べた。10㎞ほどだ。この距離を彼は自転車で通学していた。これくらいの距離を自転車通学する生徒はざらにいたが、ウォークマンの発売もあと四年待たねばならなかったこのころ、耳にイアホンをする者はだれもおらず、気に入りの楽曲を鼻歌で、あるいは熱唱したりしながらペダルを漕いでいた。ただ相沢くんの場合、その選曲がめずらしかった。

（すべーっとしてた）

相沢くんは肌ににきびがなかった。脛《すね》に体毛もなかった。暴走する青い性、明日なんかない俺たち、ちきしょう、ああヤりてえっ！、なんのために生きているのだ、等々、青春の滾《たぎ》りに、ずっと昔から被《かぶ》さるフレーズを、まったくもって感じさせない彼の佇《たたず》まいは、髭を剃ったことさえ一度もないのではないかというほどすべーっとした肌によるところが大きい。すべーっとしているが、羽生結弦選手のような白さはなく、アジア的な色みだった。文春文庫の装丁カバーを外した紙のような色み。

日本人の肌は多くの場合、黄みがピンクみより勝る。西洋人はピンクみが勝る。日本人で色白と言われる人の肌の色みは、新潮文庫の装丁カバーを外した紙のような色である。肌が薄くてピンクみがかる西洋人のうち北欧やロシアには、角川文庫の色みを水でいっきに薄めて、むかしの岩波文庫にかかっていたグラシン紙をかけたような白さの肌の人がよくいる。二学年上だった田上公美子さんはこの色に近い白さで、思い出すと私は今でも見とれる。

相沢くんは、通学には鍔の広い帽子をかぶっていたので自転車通学による日焼けはさほどなかったものの、それでも焼けてはいて、装丁カバーをはずして日向《ひなた》に出したままになっていた文春文庫のような色みだった。なめらかな、きれいな肌だった。

相沢くんの趣味は数学だった。いつも数学の問題を解いていた。数学がよくできた。物理も化学も生物も地学も。英語もよくでき、古典も現代国語もよくできた。地理も倫理社会も世界史日本史も。定期考査や実力考査の成績上位者を学年ごとに張り出す職員室近くの掲示板には、いつも彼の名前があった。その上、音楽もできた。クラシック・ギターを習っていて楽譜が読め、演奏も上手だった。中背だったが痩せ型なので実寸より高く見えた。

まとめれば、相沢くんという男子は、痩せ型で背がすっと高く見えて、すべすべした肌で、理系文系ともに成績はトップクラスで、ギターがうまい。

にもかかわらず、彼と同学年同級の放送部の女子生徒は、私に相沢くんについて教えるとき、ひとことだけですませた。「体育のできひん男子」と。

共学では体育の授業を、グラウンドなり体育館なりを半分に割り、男子と女子が同時におこなう。体育のようすは双方から見えるが、学年のちがう私は、体育の時間の相沢くんを見たことはないのである。

私が見たのは、相沢くんの真剣な顔だ。

彼は台風の目について真剣に話してくれたのだ。

本当に真剣な顔で。台風の目について、あれだけ真剣な顔で話した人に、この年齢になっても私は会ったことがない。

＊＊＊

初秋の放課後。

「夏終わったのに今日はなんや、暑いですね」

マッシュルームカットの額に、岸初子《きしはつこ》、愛称ハッちゃんは、スヌーピーとチャーリー・ブラウンがプリントされたハンカチを当てた。

「そやね」

同じメーカーの、ペパーミント・パティがプリントされたハンカチで私も鼻を拭いた。

校内女子の六割が持っているハンカチだ。

われわれはコーバイ前から渡り廊下を歩き、講堂に向かっていた。

放送部は三年生が二人、二年が一人、一年が一人の、計四人だ。全員女子。夏休み前まではあと二人女子がいたのだが、夏休み明けにやめてしまった。

地味な放送部のおもな活動は、先生や生徒会から持ち込まれる急ぎのおしらせを校内放送することと、急がないおしらせを、レタリングやイラストを用いて体裁よくポスターにして掲示板に張り出すこと。それと、昼休みのDJ《ディージェー》だ。

――当時はラジオ番組でしゃべったり、リスナーからの投稿を紹介したり、音楽を選んで流したりすることやする人を、ディスクジョッキーの略でDJと呼んでいた。ラジオ・パーソナリティという呼称が一般的になるのは平成に入ってからである。ミュージシャンなりコメディアンなり俳優なり、本業がほかにある人、つまりすでに世間で有名な人がパーソナリティをするのが一般的になるのも。カセットテープとラジカセ（ラジオカセットテープレコーダー）が若者必携の電化製品だったこのころは、ＤＪという独立した職種があった。「人気ＤＪ」という存在が、世代ごと、地域ごとにいた。——

世間のＤＪ番組は華やかだが、虎高の校内放送のＤＪは地味だ。

ハッちゃんを除く他の三人は視力が０・１。私なら左目となると０・０１。分厚いガラスレンズの眼鏡をかけた地味な外見の女子らは、講堂の放送部部室脇に設置した、焼き海苔の細長い缶を細工したポストに、メモ用紙にリクエスト曲を書いて入れてくれと募っているが、緑豊かな敷地だけは広い広い、その端っこの講堂の、そのまた隅っこの放送部部室まで、わざわざリクエストしにくる生徒などいないに等しい。

「猫のしっぽ」だの「大覚寺に行くエビフライ」だの「レークビワ娘」だの、本当の深夜放送ラジオに投稿されてくるリクエストネームふうのものを部員が自分につけて、無難な曲を流していた。ポール・モーリアやレーモン・ルフェーブルを中心に、時々カーペンターズやビートルズ、たまに国内でヒット中の静かな旋律のフォークソングを。

火曜と金曜の昼休みにおこなっているが、音量は小さく、昼休みという食べどきしゃべりどきに、聴いている生徒などいないに等しい。

ハッちゃんも私も部室には毎日行く。「あえいうえおあお、かけきくけこかこ」などといった発声練習もする。でも指導者がいない。顧問の先生は形式的に顧問なだけで、部室に来るのもまれ。「あえいうえおあお……」と発声してみても、正しい発声方法も、体得方法もわからない。発声練習はすぐに終わる。それから丸く椅子を並べて、ネスカフェのCMで大人気の遠藤周作と北杜夫の、部員全員が持っているものを、各自広げ、一、二ページずつ朗読する。あとは、その時々で自分が読みかけの本をだまって読んでいるので、部室は駅か病院の待合室のような様相である。

放送部部室は演壇の裏手にある。ステージというより演壇と呼ぶに似つかわしい、狭いそこでは、かつては校長が自由闊達な虎高の校風について演説をし、生徒会長が東大安田講堂封鎖を憂う演説をし、全国高校演劇コンクールで準優勝した演劇部が木下順二の戯曲を演じた。壇上の裏手の部屋というのは、壇上で何かを発表する人のための、また演目のための控室兼準備室だったのである。あくまでも、かつては。

各家庭のTVがカラーになる時代に新たに建てられた体育館のステージで、現在は校長も生徒会長もスピーチをする。が、校風を誇りをもって力説したり、学生運動を讃えたりはしない。演劇部も体育館が建てられた三年後に廃部になっている。

体育館で練習するバスケット部のバレー部の卓球部の、グラウンドで練習するサッカー部の野球部のアメリカンフットボール部の、高校生たちにとって大学生とは、角材を手にヘルメットをかぶってデモ行進するイメージではなく、「★フィーリングカップル5vs5」のような視聴者参加型TV番組に出ているイメージになっていた。そんなころに、戦前に建てられた木造の講堂は、まさにお役御免の感たっぷりの建物だった。

★「フィーリングカップル5vs5」＝『プロポーズ大作戦』中のメインコーナー

講堂の、重たい戸に手をかけながら、私はハッちゃんに訊いた。

「ハッちゃんが体育のできひん男子て言《ゆ》うてた人に、あの話、してみた？」

先日ハッちゃんは、文化祭での放送劇への出演を同じクラスの男子に頼んでみるつもりだと部長に提案していた。地味な部の地味な放送劇に関心を持ってくれるような生徒は女子にも少ないのに、男子にいるとは思えないので、どんな生徒なのかと部長と私がハッちゃんに問うと、「体育のできひん男子」とだけ答えたのである。

「うん。昼休みに部長にうちらの教室に来てもろて、いっしょに話した」

「ほな、どう言わはった？」

「考えさせてもらうわ、て」

「考えさせてもらう、なあ」

〈ぶぶ漬けでもどうどす〉に似て、〈考えさせてもらう〉は断りの婉曲表現である。

「もっと登場人物の少ないやつに変更したらどうやろ」

部長と副部長が選んだ『台風一過』というホームドラマには父役と長男役の二人の男性が出てくる。四人の放送部では、音響効果係と演出もどきを二人がすると、残り二人だ。裏方が出演も兼ねるとしても、男役が足りない。まれにしか部室に来ない形式的顧問の先生が、アニメの声優のような声音を変える技術を教えてくれるはずもない。

これまで放送部は文化祭でも地味なことしかしなかった。ゲーテだとか芥川龍之介だとか、詩にも文学にもまるで興味のない生徒でも知っている作者の作品を、十五分ぶんだけ校内放送で朗読して終わるという、いわば消化発表をしてきただけだった。

虎高の文化祭は、体育祭とならび生徒の一大イベントである。文化祭には町の人もやってくる。みながたのしみにしたり注目するのは、体育館ステージでおこなわれる、ブラスバンド部や音楽部の演奏、校内で華やかな存在である生徒がグループを組んでエントリーする演奏。なにより、全国高等学校家庭クラブ連盟の役員生徒らによる模擬食堂、茶華道部による模擬喫茶店、それにクラス単位で催すお化け屋敷などの、おいしそう、あるいはおもしろそうな催しであって、校内放送で流す放送劇（それも健全な）など聴く生徒はいない。

三年生の部長は、「せめて」と提案してきたのである。「文化祭のあと、もうわたしも卒業だから、せめて一回くらい、みんなで放送劇をしたい」と。成績優秀な彼女は、同志社大学への推薦入学を断っていた。滋賀大ならよいが、女の子なのに京都などという、誘惑の多い、不良もいるにちがいない大きな街に毎日通学するのは危ないと祖父と父親に反対されて。

――大正時代ではない。国連が国際婦人年を宣言した年のことだ。だがウィスパーな町ではすこしもめずらしくない反対だった。

卒業したら部長は、一丁の田んぼを所有する家族を手伝いながら、滋賀銀行へ勤めることが決まっていた。それを彼女自身も肯定していた。平素の彼女の話から強く感じられた。豪農の家庭で、祖父母とも両親とも兄弟とも仲のよい彼女は、上からの意向で推薦入学を断ったのではなく、滋賀銀行にお勤め、のほうをあきらかに名誉としていた。だからこそ彼女は、学校というところの生徒であったしるし、青春のしるしを、名誉の門出の前に残したく、部活動として放送劇を最後にしたく、その気持ちが、聟《むこ》取りが決められている三人姉妹の長女の副部長には、彼女なりの角度からわかったようで、大賛成していた。大学受験などまだまだ先の話にしか感じていなかった二年と一年の私とハッちゃんは、聴いている生徒がいるかいないか、そんなことはおかまいなしに、いつもとはちがう新しいことをしてみたくて、放送劇をすることに賛成した。――――

演目は決まったとおり『台風一過』のままでよいのではないかと、ハッちゃんは言う。

「変更するゆうても、図書室にある高校生用の放送劇の台本、ほかのやつかて、五人くらいは人物が出てきはりますよ」

「そやなあ。虎高の図書室、放送劇の台本なんかちょっとしかないもんなあ」

「部長は、放課後に今度は副部長にもう一回、頼みに行ってもらうて言うてはりました。その男子、講堂にいはるねん」

「講堂に？　柔道部なん？」

「鉱石部……やったかな……天文部やったかな……」

講堂一階に部室のあるのが放送部と柔道部。二階には天文部と鉱石部が、いちおうある。講堂が講堂として機能していた過去には壇上での演目にライトを当てたりしたのだろう、ホールに張り出すようになった二階である。講堂の建築の古さに負けない古い椅子と机が置いてあり、そこが天文部と鉱石部、共同の部室だった。

「二階のあそこ、囲碁とか将棋してはる人がたまにいてはるだけやん」

放送部は地味で、柔道部は軟派。それでもまだこの両部にはイメージがあった。天文部と鉱石部は、帰宅部と同意で、放課後はすぐに帰宅するのだからイメージもない。

「将棋してはる横で、パズルしてはる人もいはるねん。数字パズルとか数学クイズみたいなんを、たまに寄って競争して解いてはるねん」

＊

重たい戸についた真鍮《しんちゅう》の古いノブを回して講堂に入ると、正面で犬井くんら数人が道着についた埃をパンパンとはたいていたので、ハッちゃんと私は同メーカーのハンカチで鼻と口を覆い、階段のある右手に顔を向けた。

「あ、相沢くん。ちょうどよかった」

ハッちゃんが声をかける。ひょろっと痩せた男子が、副部長といっしょに、階段を下りてくる。副部長は犬井くんと同じクラスで仲もよいから、

「チャオ」

と下から片手をあげた犬井くんに、

「うん、チャオな」

と淡々と返した。

二人のボディランゲージを、PTAの奥様のような目つきで見ている相沢くんを、

（イカのシルエットをしている）

と私は見た。

頭部に特徴がある。細長く、耳の上が張っている。硬毛多毛でふくらんでいるのではない。頭蓋骨の形として耳の上のあたりが張っている。髪は色素の薄い猫毛だ。二階は蒸して暑かったのか、学生服のズボンを膝までたくし上げている。すね毛のないふくらはぎはイカゲソのように筋肉未発達で、ひょろひょろと立ち泳ぎをしているように動く。

「よう、三平《さんぺい》」

犬井くんは相沢くんの肩に手をぽんと置いた。まるで旧知の仲のように。にもかかわらず、犬井くんと相沢くんに今の今まで面識がなかったのはありありとしていた。にもかかわらず、犬井くんからそうされてしまうことに、見ていて違和感がなかった。面識がなかったのだから犬井くんは相沢くんの姓名を知らず、まったく意味なく三平と呼んだのだろうが、ひょろひょろと立ち泳ぎをしているイカのようなシルエットは、三平と呼ばれて、これも実に違和感がなかった。

「ぼく、三平とちがいます」

相沢くんはきっぱりと否定した。彼の否定は、副部長と犬井くんのあいだを素通りした。

「犬井くん、こないだから言うてるやろ。出てよ、放送劇。犬井くんが出てくれへんさ

かい、三平さんに頼みに来たんやんか」

「ぼく、三平とちがいます」

「俺かて言うてるやろ。別役《べつやく》実か清水邦夫やったら出るけど、なんやあの『台風一過』て。ああいうのは三平向きや。こら三平、おまえが出たれ」

「ぼく、三平とちがいます」

相沢くんの否定が素通りするたび、ますます三平という名前は彼に映ってくる。立ち泳ぎするイカのようなシルエットの上に、私の知っている顔が見えた。

「乾《いぬい》、放送で劇するんやて？」

隣のクラスの、たしか天文部の男子。

「乾、おれ、出るわ。放送部の副部長さん、坂口良子《りょうこ》みたいやさかいな」

「ほんまー？　ありがとう」

これで男役二人そろたやんかと、私がハッちゃんのほうを向くと、

「ありがとうございます」

ハッちゃんも天文部男子に礼を言った。

「ぼく、出るて言うてません。困るんです」

「相沢くん。昼休みに言うたやんか。放送やし顔出るわけちがうし、なんやったら出演者の名前も出さへんかてええし」

「顔とか名前とかのこととちがうんです。ギターの練習休みとないし、時間が不自由に

なるのが困るんです」

「なんや、それやったら心配せんかてええて……」

効果音を録音してきたり、テープを編集したり、めんどうなことは放送部がする。何回か読み合わせをいっしょにして、当てられた男役のセリフを読むだけだ。文化祭当日も録音したテープが流れるだけだから拘束されない。こうしたことを副部長と私が言うと、

「ほうですか」

ひょろっと相沢くんは承諾した。

＊

『台風一過』の読み合わせをすることになった。

日曜である。

相沢くんの都合に合わせて、ほかの生徒もまとまった時間がとれるとなると、日曜しかなかった。

待ち合わせの時間どおりに私が部室をノックすると、すでに四人が到着していた。

「乾さん、入って入って」

部長が円形に置かれた椅子を少し詰めて、私が入れる通路を作ってくれた。

「ごめん。待たせてしまいました」

「ううん。遅れてへんて。私とハッちゃんは、丸電やさかい」

私鉄藤丸電鉄は、単線のため三十分に一本しかない。日曜祝日となると日中は一時間に一本になる。

「次の電車やと一時間も遅《お》そなるし、しょがないさかい前のにして、早《は》よう着いたんです」

マッシュルームのハッちゃん。

「俺は、お母《か》んらが平和堂に行くて言いよるさかい、軽《け》自動車に乗せてもろてきた」

天文部男子。

「今日は初読み合わせやから、助っ人の男子にリラックスしてもらうことを優先にして、きらくにやろよ」

坂口良子似だと天文部が言う副部長。

「あとは相沢くんや。丸電乗り遅れはったんやろか」

ハッちゃんが天文部のほうを見たのは、彼と相沢くんが同じ地域に住んでいるからだ。

「いや、あいつは俺と同じでチャリ通や。朝、ときどき道で出会うがな」

「えっ、相沢くん、自転車乗れるの？　体育できひんのに」

「そら乗りよるがな。俺ら冨緒やで。大字冨緒なんちゅうとこに住んでてチャリンコ乗れへんかったらどっこも行けへんやろが」

平和堂に行くのにも年配者は車で行くエリアである。

「丸電は高いし、チャリ通のほうが運動になるさかいて言うとった」

「運動になる……。相沢くんみたいな人でもそんなことを考えはるんや。運動になることをしよなんて、考えもしはらへん人かと思《お》もてた」

ハッちゃんがそう思う理由は、相沢くんが体育ができない男子だからである。

「そやから、ちょっとは運動せんとな、と思《お》もわはったんやろ」

副部長が言うと、ハッちゃんも部長も天文部も大きく頷いた。

「すべすべやさかいな」

副部長がつづけると、部長もハッちゃんも天文部も私も、大きく深く頷いた。きれいやー、ほんまや、毛穴もないくらいや、等々、みなで相沢くんのなめらかな肌を褒めていると、ぎっぎっと、講堂の床が軋む音がして相沢くんが到着した。

「どうもどうも」

男子の声としては高めで、マイクを通せばすっきりとして聞き取りやすいはずだ。

「今日は曇ってますけど、えろう蒸して汗が噴き出ますな」

学校規定の白いシャツの第二ボタンまで外した相沢くんの首には、手拭いが巻かれている。豆絞りの。

「めずらしいタオル」

ハッちゃんは同学年同クラスの遠慮のなさで、皮肉を言った。

——令和二年の現在とちがい、純日本的なテイストのものが野暮ったく見えた時代であった。豆絞りでも青海波《せいがいは》でも、手拭いを使う人は、虎高の周りにはいっぱいいた。ただし、みな老人だった。——

「タオルとちがいます」

豆絞りの手拭いの端をのばして相沢くんは額を拭う。

「蒸し暑かったでな、漕ぎながら、音楽になかなかノレませんでしたわ」

「相沢、おまえ、いつも何にノッてチャリ漕いでるんや？」

天文部が訊く。

「そら、『アルハンブラ宮殿の思い出』にノッてですわ。朝、学校へ急いでるときは、コレにかぎりますわ」

「アルハンブラ宮殿の思い出？」

天文部、ハッちゃん、部長、副部長、私の五人ともが、曲名を復唱した。まるで放送劇で演じたかのようにそろっていた。

「ティ〜リヤ、リ〜リヤ、ティ〜ティ〜……」

フランシスコ・タレガ作曲の小品の旋律を、相沢くんは口三味線ならぬ口ギターで始めかけた。

「アルハンブラはええがな。朝、学校《がっこ》来る忙しときに、ようそんなもんにノッて漕げるな。俺なら、毎日、遅刻してしまうわ」

「うん。クラシックていうなら、なにか……ほら、ハチャトリアンの、あの……ほら、あの、チャチャチャ、チャーチャチャチャ……」

副部長が『剣の舞』の口木琴。

「どうしてですか。『アルハンブラ宮殿の思い出』は名曲ですよ」

「そういうことやのうて……」

口木琴をやめ、副部長は手を横にふる。

「まあ、『アルハンブラ宮殿の思い出』でノッて漕いでくるのは相沢くんらしいわ」

ハッちゃんが言ったところで、部長が、そや、そろそろ始めよと、ガリ版刷りホチキス止めの『台風一過』の台本を膝の上で開いた。

*

台風が接近しているある日の、主人公の高校生の家での出来事を描いたドラマである。

読み合わせが始まった。

相沢くんが「蒸して暑い」と入室してきたような天候で、読み合わせをしていくうち、しだいに空が曇ってきた。

〈台風って目の中は静かだって聞いたわ〉

主人公の母親役の私は台本を読み、窓の外を見る。

〈そうなんだ。知ってるか〉

父親役の天文部が読む。

〈大型客船が大海をゆくなか台風に遭遇したが、船が目の中に入った静かなあいだに次なる適切な避難航海をして最悪の事態を逃れたことがあったんだぞ〉

天文部はつづけて読む。

「そのとおりです」

相沢くんの発言は私語である。生徒の解答にマルをつける教師のように判定した。

「×××さんと××さんと×さんが、その体験をしています」

相沢くんはいきなり個人名を出す。

「だれや、そいつら」

天文部。

「えっ、知りませんか、三丁目ですよ」

「知らんがな」

天文部は相沢くんと同じ地域住まいだが、家はやや離れており、三丁目の×××さんも××さんも×さんも知らない。ほかの四人は当然知らない。

「×××さんはぼくより六歳上で、××さんは三歳上で、×さんは一つ上で……」

相沢くんは、三人さんについて、年齢や卒業した高校や現在の職業などを教えてくれたが、ようするに、三人さんは彼のギター教室の知人なのだった。

「今の先生に習う前は、なんと！」

相沢くんの声が大きくなった。

「なんと、×××さんの家でギターを習ってたんですよ！」

「なんと、を付けて明かすようなことか」

　天文部。

「それで、その×××さんや、なんだっけ、××さんだっけ×さんだっけ、その人たちが台風と何か関係があるん？」

　部長。

「体験したのです」

　相沢くんは、体育のできる男子のようなきりりと得意な表情になり、われわれの知らない三人さんの体験談を話しはじめた。

「おととしです。台風が近づいていた日に、×××さんの家に××さんと×さんが集まらはったのです。ぼくは行けませんでした。集まらはったときはまだ風がそんなにたいしたことがなかったそうです」

　読み合わせをしている台本が『台風一過』なのだから、一同、耳を傾けた。

「練習してるうちにやっぱり風が強くなってきたのです。けんど、閉め切ると部屋が蒸し蒸しするので、窓をちょっとだけ開けておかはったんです。けんど、それを忘れて、ギターの練習に一所懸命になってはるうちに、雨も風ももっと強くなってきたのです」

「それで？」

　副部長。

「ほしたら、なんと、台風の目が窓の隙間から入ってきよったんです」

相沢くん。

「え？」

「え？」

「え？」

「え？」

全員が聞き返した。

「目が入ってきた？」

「目が入ってきた？」

「目が入ってきた？」

「目が入ってきた？」

全員でそろった。

「台風の目が入ってきよったんです。そんで×××さんは……」

相沢くんは無視した。狐に抓《つま》れたような五つの顔を。

「ほんで×××さんは、『今だ』と、台風の目を捕まえはったんです。ほしたら雨も風もおさまったんです」

虎高はハマ高と並ぶ偏差値ではない。しかし、距離的な理由や交通費、交通時間の理由で虎高を選ぶ生徒はよくいる、いちおう付でも県下では進学校である。その高校で、数学はじめ理系科目は圧倒的トップで、文系科目もトップクラスの相沢くんなのである。それが真顔なのである。

五人はみな口が半開《あ》きになっている。そろって半開《あ》きだ。

「台風の目を捕まえて……。どうやって……?」

開《あ》いた口をいったん閉じ、訊いたのは私だった。

「ギターの練習を始める前に、×××さんは平和堂でパンを買《こ》うて来《き》てくれてはったんです。ほんで急いでパンだけ出して、平和堂の袋で、こうして……」

相沢くんは、平和堂のポリ袋を広げるジェスチャーをして、

「ポンと」

蝶々かトンボを捕まえるように、架空の袋の口を閉じた。

「……」

「……」

「……」

「……」

「……」

五人の口はまた開《あ》いた。

開いたままだから、静かだった。部室は。

「小学校のときやね？　小学校の低学年くらいに聞いた、小学校のちょっと上の人の話をしてくれたんやね？」

静かに副部長。

「小学校とちがいます」

きっぱり否定する相沢くん。

「おとととして言うたやないですか。中二です。ぼく、台風が過ぎた日の次の次の日に、×××さんとこに行って聞いたんです」

相沢くんの答えは、部室をより静かにした。

静かな数秒の後、けたたましい笑い声に部室は満ちた。

「冗談やろ？　冗談を言うてくれたんやろ？」

ハッちゃん。スヌーピーとチャーリー・ブラウンがプリントされたハンカチで、笑いすぎて滲んだ涙を拭っている。

「何がおかしいんですか？」

「おかしいがな。ほな、平和堂の袋に捕まえた台風の目は、どうなったんや」

天文部。

「ああ、それは、×××さんが口を輪ゴムで縛らはったさかい、八分ほどしたらしゅう〜と消えたそうです」

相沢くんは青いほど真剣な顔である。五人はハンカチで目を拭うのではまにあわず、ハナ紙でハナをかみ、腰を折って腹をおさえた。

＊＊＊

奇天烈《きてれつ》な発言だった。

真剣な顔だった。

令和二年の今は、思い出すとおかしいというよりふしぎだ。

読み合わせをした日の翌日に、副部長と私は、講堂でぶらぶらしていた犬井くんに「ケッサクな話があるねん」と、相沢くんのした話をした。

「三平は、かつがれよったんやろ」と犬井くんは言った。「×××とかいう奴は、三平をかつぎよったんやろ。それをあいつは信じてしまいよったんやろ」と。「信じるのがケッサクやんか」と副部長は、相沢くんの真顔を思い出したのか、ほとんど犬井くんの胸に泣き崩れそうに二度笑いに陥っていた。

今、考えるに、×××さんとやらは、かついだというより、まじないを教えたのではないだろうか。てるてる坊主を軒先に吊るしておけば晴れるといったような。強風が吹き始めたときに、ひと風を袋に捕らえておけば台風がひどくならない、といったようなまじないがあると、話してみたのではないだろうか。

別の人間が同じ話をしたなら、相沢くんも、まじないの一種として聞いたのに、話したのが×××さんだったので、彼の中で奇天烈な変化をしてしまったのではないか。ギターを熱心に練習していた相沢くんにとって、×××さんは崇拝の対象だったために。

体育ができない。

共学における男子にとってはヘスター★の胸に縫いつけられた緋文字「A」である。共学とは、花恥ずかしい年齢のまっただ中に、「できない」ざまを、少年が少女に、少女が少年に見られる空間である。体育ができないざまは、少女が少年に見られるより、少年が少女に見られるほうが、はるかに烙印《らくいん》だ。少女が、このざまを見られても、彼女の外見が美貌であれば、むしろそれは少年にとって、プラスの魅力に転じる。美貌でない少女にも愛嬌にする手だてが残されている。

少年には逃げ道がない。

しかし、この残酷を、相沢くんはやすやすとすり抜けていた。

異性の視線など、彼にとっては、×××さんが捕まえた台風の目より下位にあったのだろう。高校一年でも彼は、花恥ずかしく性にめざめる段階に至っていなかったのだと思う。すべすべの体毛の薄い肌は、女子の目には異性とは映らず、異性ではない彼が体

★ヘスター＝ナサニエル・ホーソンの小説『緋文字』の主人公。不義密通をおかした罪で、胸に「A」の緋色文字を縫いつけた服を着てでないと出歩けない罰を受け、村はずれに暮らす

育ができなかったところで、彼女たちの視線の編み目をさーさーとすり抜けていったのだろう。そんな子供が、数学物理地学化学生物英語古典現代国語世界史日本史に加え音楽まで一番なら、その子供にとり、体育ができないことなど、なんだというのだろう。まったくと言わないまでも、ほとんど気にならなかっただろう。

性にめざめるのに遅れたことで、相沢くんは、青春の残酷をストンと避《よ》けていた。台風の目の中にいるかのように。

3　化学の先生

サミットストアの袋から出した滋賀県立虎水高校の名簿に、高二のときの担任名を探した。何組だったかはおぼえている。だが担任の先生は何という名前だっただろう。名簿で確認せずとも、一組は宿谷《しゅくたに》卓爾先生、二組は藤井良亘《りょうせん》先生、三組は井田朗《あきら》先生、五組は大館《おおだて》勲先生、六組は青山和也先生、七組は新海《しんかい》一郎先生と、七クラス中、六クラスの担任名をフルネームでおぼえているのに、自分の担任だけ思い出せない。

（御者《ぎょしゃ》のようだった）

シンデレラが魔法使いのおばあさんにドレスアップしてもらってお城の舞踏会に行こうとするシーンで、馬車の先頭でシルクハットをかぶって腰かけている御者。魔法使いのおばあさんが鼠を使って変身させた御者。小学館こども絵本に描かれていた御者のようだった。

よくモーニングを着ていたのだ。

目測ならぬ印象測で、身長１５５㎝、体重42㎏。こう言いたくなるくらい小柄な男性だった。ウエストまわりだけふわっと膨らんでいた。

72歳。クラスの生徒たちは、そう目測していた。「高校の先生て、70歳過ぎても勤めてられるの？」と、みなふしぎがっていた。

だが本当は37歳だった。購買部のや江さんから「底意地悪い、苦手な人」だと評された親戚の乾佐知は、教育委員会の仕事をしており、彼岸の法事のおりに彼女から聞いた。「えっ、まだ三十代やの？」と驚く私に、佐知はさらに教えた。老けて見えすぎる先生が、福井県との境にある遠い高校から虎高に赴任してきたきっかけを。教え子と恋仲になって、彼女の卒業と同時に結婚したものの、なにかときまりが悪いので離れた学校に赴任となったのだそうだ。佐知はこのきっかけを淫靡めかして意地悪そうにも得意そうに教えてきたが、ともに独身の十八歳の女と二十代後半（当時）の男が恋仲になったところで、私には何ら淫靡には感じられなかった。そんなことより私は、あの先生の「外見」が「好み」な「女子高校生」がいたのかということにびっくりし、大館勲先生の授業で覚えた“There is no accounting for tastes.”という格言を痛感して唱えた。

地黒だった。冬でも真夏でも顔一面を覆うほどの大きな分厚いガーゼマスクをかけていたのだが、マスクから出ている部分は黒かったし、ケーッと轟くような痰《たん》を吐くときや、水を飲むときなどにマスクをときどき外すと、地黒だった。

その地黒の肌には細かな浅い皺が一面に寄っていた。正月の黒豆を煮るのに、酢をかけてクシュクシュに仕上げる料理方法がある。そんな皺が、クシュクシュに顔一面に寄っていた。

化学の先生だった。それはおぼえているのだ。なぜおぼえているかというと、化学を勉強した実感がないからだ。

当時の普通科高校教育課程では二年の必須科目だったから、化学の授業は受けたのである。だが、担任であるにもかかわらず、この先生から何を教わったのか、授業中に何をしたのか、まったく実感として残っていない。

御者のような化学の先生は、大半が白髪だった。

三十代から白髪が多いような人は、毛量は多いのが相場であるが、御者先生は、量もさびしかった。風が吹いてもいないのに、つねに風に吹かれているように、一方方向に流されていた。

「化学の実験をしてて、薬品が爆発してしもて、それがかかって髪が白《し》ろなって少《すく》のうならはったんやて」。まことしやかに噂が流れていた。

私は虎高の名簿を繰る。二年時のクラスページに出た。担任の名前は太字で記されている。

（へえ）

こんな名前だったのか。初めて知ったような気になる。

始業式後に教室に入ってきたとき、教壇で彼が言ったのはこの名前だったのか。

＊

昭和50年。彼が名乗ったとき、教室はざわざわした。

なにも聞こえなかったからだ。

一瞬だけ、マスクを顎までずらした。口が見えた。「よろしく」。前のほうの席の生徒は読唇で想像した。

御者先生がマスクをささっと元にもどしたので、みな、「よろしく」のあとを待った。待つ教室は静かだった。

わっ。大きな笑い声がおこった。陽気な若手の井田先生が担任する隣の三組から。

わっ。大きな笑い声がおこった。温厚な年配の大館先生が担任する隣の五組から。

なものだから、三と五にはさまれた教室が静かなのが、いや、どよーんと沈んでいるのがきわだつ。

御者先生は教壇の教卓でクラス名簿を開いた。

右0・1、左0・01の視力の私は、前から二番目の席で、重たいガラスレンズの眼鏡をかけていたから、御者先生のガーゼマスクが、長年愛用らしく黄ばんでいることがわかった。

わっ。ふたたび三組からの弾んだ笑い声。

わっ。ふたたび五組からの弾んだ笑い声。

どよーんとしている四組。

「……」

御者先生は、何か言った。分厚いマスクが口元を覆っているので、聞こえない。聞き取りにくい声質というのではなく、はなから大きな声を出す気がないようだ。

「……」

御者先生は、私の前の、一番前の席の女子の耳に、マスクをした顔を近づけて、なにか言った。言われた女子は立ち上がった。

「起立」

みな立ち上がり、礼をした。

その後も、先生の声は聞こえなかった。授業中も。

「聞こえません」と挙手してボリュームアップを請う生徒は何人かいた。何回も請う。だがアップしない。聞こえない。そのうち、だれも請わなくなった。

御者先生が化学を担当するのは四組の一クラスだけで、四組の生徒は、青春のこの一年を、化学については独学した。ただし幸運な生徒だけが。

幸運な生徒の数はそう多くはない。自主的に学問に強い関心が抱け、高い探究心を持てるような幸運な高校生は、そう多くはいない。ノーベル賞に輝く博士たちのスピーチでは、研究を始めた最初のきっかけを与えてくださったのは中学校の時の某先生ですとか高校の時の某先生ですなどと、たびたび聞くが、そんなキラキラした好奇心が芽生えるきっかけを与えてくださる先生に学校で出会えることが希有な幸運であり、かつそのきっかけに応じられる脳味噌を所持しているとなるとさらに大幸運である。子曰、知之者不如好之者、好之者不如楽之者。

なにを言っているのか聞こえない御者先生が授業担当だった、幸運ではない残りの平凡な生徒は、化学についてはパラパラと教科書をながめただけで、化学の時間は他教科の調べ物（英語リーダーや数学の練習問題など）をしていた。したがって御者先生の化学の授業中は、水を打ったように静まり返っていた。

静かであるだけならまだしも。童話の御者は、シンデレラをすてきな舞踏会に運んで行ったが、虎高の御者は、毎日毎日、すてきではない空気を教室に運んできた。

「あの小さい年寄りの先生の授業を受けるとぐったりする」

「あの古い洋服を着てはる先生の化学のあとは、落ち込んだ気分になる」

「人体に有毒な薬品をガスにして教卓の下から撒いてはるんとちがうか」

アメリカンフットボール部や野球部の豪放な男子、バレー部やバスケット部の勝気な女子でさえ、こんなふうな弱音を吐くほど、御者先生には魔物レベルのマイナスオーラがあった。担当教科の化学のみならず、物理や数ⅡBや英語や古典の他教科に対しても、平凡な生徒たちが平凡な度合いなりに興味や関心を抱くエネルギーを、根こそぎにするような、底知れぬマイナスオーラが。

冥府《めいふ》へ手綱を引いて行きそうな御者の馬車から、たとえいっときでも飛び下りたい心地になるのか、しだいに教室は昼休みになるとがらんとするようになった。そのうち授業間の短い休み時間にも、教室には人けがなくなった。

ほかのクラスなり、各自所属の部室なり、校庭なり、コーバイなり、図書室なり、教室にいようとせず、よそにアウェイするからだ。

*

こうしたわけで、高二のころをふりかえると、同じクラスだった生徒の印象がほとんどない。

ごく幼いころのことでも、過去のできごとは、動画に撮ったように、人の肌や髪、壁の模様、ドアの材質など細かに、それに動画には撮れないにおいまでおぼえている私は、高一時の教室も高三時の教室も、なにかのきっかけで記憶の「再生」マークがタップされれば、ありありと目の前に映し出されてくるというのに、高二時の教室は出て来ない。

同世代の同郷の人間に聞いて思うことだが、当時の滋賀県の普通科公立高校は、おしなべて牧歌的であった。県下一の進学校でも、授業自体はハイレベルだったろうが、それでも平成以降に全国の都道府県のトップ進学公立高校の殆どがしているような、「理数科コース」を設け、このクラスを先頭として効率よく生徒を大学に合格させていくような受験だけに特化した体制はとられていなかった。

私立学校ではどうだったかといえば、当時の滋賀県には存在すら僅かだった。徹底的に大学入試に特化したコースを設ける私立学校の分校が県内にできるのは、これまた平成以降である。

公立学校は、あくまでも文部省が決めてきた教育課程を、牧歌的に遵守していた。文系理系問わず、高校三年間を通して現代国語、古典、英語リーダー、英語グラマー、英作文、保健体育が必須であった。

これに加えて家庭科（女子）技術家庭（男子）は高二まで必須。

学年別教科としては、高一で数Ⅰ、地学、地理。高二で数学ⅡB、化学、物理、世界史。高三で数Ⅲ、日本史、倫理社会、理科分野は生物Ⅱ、地学Ⅱ、化学Ⅱ、物理Ⅱからどれか一つ。

したがって、私大文系を進学希望する生徒も、大学入試の直前まで数Ⅲの定期考査のための勉強をしなければならなかった。そういうものだと私は思っていたし、たぶん他の同学年生も思っていたと思う。

各生徒の得意科目を活かして、効率よく、できるだけ偏差値の高い大学に合格させることを第一目的とすれば、虎水高校は完全に目的を無視していた。

だから放送部部長のような「英数国理社が76点的に」成績優秀な生徒を同志社大学文学部に推薦して、副部長のような「英と社なら94点的に」成績優秀な生徒に滋賀大学を一般入試で受験させて、部長から推薦を辞退され、副部長には不合格通知を受け取らせていた。部長の家は一般入試で滋賀大に受かったなら進学に賛成していたのにである。虎高が推薦を副部長にしていれば「わが校合格実績」として同志社大学（文）が一人、滋賀大（教）が一人、確実に増えていたのに。

旺文社の『高一（高二、螢雪）時代』や学研の『高1（高2、高3）コース』には、〈大学を選ぶときは、学校名ではなく、学部で選べ〉と書いてあった。

〈P大だとかQ大だとか、高校生諸君は聞いたことのある大学を受けようとしがちだ。でも、これはマチガイ。自分の人生なのだ。高校生なら自分が好きなこと、興味津々なことが、なーんとなくわかっているだろ？　それだよ。なにを勉強したいか。大学受験は、まずは『学部』だ。自分の好奇心をかきたてる『学部』をまずは決めよう〉

などと、当時の雑誌文体が、DJのようにフランクに諭《さと》してきた。「そうなんだ。大学名じゃなくて学部なんだ」。みな信じた。相沢くんが×××さんの台風の目を平和堂の袋で捕まえた話を真剣に聞いたように、心から信じた。そして、学部で大学を選ばない行為をするとき、心から疚《やま》しくなった。

スマホのない当時、インターネットでケンサクできない当時、田舎っぺは、現在よりずっと顕著に田舎っぺだったのである。家の人がいるときに電話もかけられない私など、「The」がつくほど田舎っぺだった。私も心から信じた。出版社の人のようなアーバンな人の言うことなのだ、虎高の進路指導よりアーバンが正しいと。

出版社の採用試験では大学名でまず書類選考されているという本当のことを知るのは、

高二から倍ほど年をとってからだ。

I didn't learn the truth at seventeen.

十七歳。セブンティーン。

自分がまさにこの年齢だったときに、ジャニス・イアンの『At Seventeen』が大ヒットしていた。私とはちがって learn は didn't で否定されず、〈十七歳で本当のことを知ってしまったの〉と歌いはじめる。

I learned the truth at seventeen.

近畿放送からもNHK―FMからも、頻繁に流れてきた。

〈十七歳で本当のことを知ってしまったの。

愛をゲットできるのは、ミスなんとかで優勝したような女の子。つやつやほっぺの笑顔の女子高校生。

バレンタインなんかわたしには関係ないし。金曜の夜のジェスチャーゲームだってきれいなコのためのもの。

かんじよいリアクションがすぐにとれないわたしは、家にいるしかない。ぼくといっしょにダンスしようよ、なんて電話がかかってくることなんかないわ。

そんな本当のこと、十七歳で知ってしまったの。〉

やわらかく歌われる詞は、一九七五年という時代には、セブンティーンでセブンティーンな女子の、メジャーなコン、プ、レ、ッ、ク、スなのだとは思う。「なんか、わかるー」なのではある。

しかし、田んぼと山に囲まれた虎高学区の十七歳には、「ミスなんとかのコンテストが高校で催されるんや」とか「金曜の夜に集まるて、高校生だけでか？」とか「いっしょにダンスて、ぜったい江州音頭《ごうしゆう》とはちがうわな」とか、歌の中の非日常なフレーズに「すごいなあ、ニューヨーク州出身の人は」と気圧されてしまうのだった。

desperately remained at home
ジャニスは〈home〉とささやくように歌った。〈わたしね、家にいるしかなかったの〉と。

desperately remained at school
セブンティーンから三倍半年をとって、私は home を school に替える。

家の人がいる家にいるのが、私は怖かった。

「学校」という名分なら、外に出られた。【gakkou】という音は、いつからか私の家では化学変化をおこしていた。

学校で授業を受けるとか、体育祭文化祭の行事に参加するとかいった、いわば本来的な理由で学校に行くのなら外出できたという意味ではないのだ。

「学校」という音を聞くと、家の人は鉄扉を開けるのだ。それは摩訶不思議な呪文だった。

【gakkou】という音が、父親の脳味噌に化学変化のようなものを生じさせる。母親の脳味噌にも、父親の生じ方とはまたぜんぜん異なる化学変化のようなものを生じさせる。夢遊病者のように「はあ、わかった」と、無表情な、そう、化学の御者先生にそっくりの、やる気のない顔を私に向けるのである。

むろん日没後であるとか、父親が買い物や食事の支度を命じている最中であるとかは除くが、除くとしてもヘンだった。ヘンな★木下恵介アワーだった。ヘンだったが、家の人がいるときに家にいるのは怖いので、desperately remained at school《私ね、学校にいるしかなかったの》なのだった。

滋賀県立虎水高校は、大学入試の効率は悪かったが、セブンティーン×三倍半の今からすれば、必須の数Ⅲについて「なんだ、数Ⅲは数ⅡBよりずっとおもしろいやんか」と知ることができたので、化学を受けた印象がないぶん、それなりに貴重な体験だったのではないかと思う。

ダンスに行こうよという電話は、ジャニス・イアンのように私にもかかってきたことがないが、だれかが学校に持ってきたラジカセで、スタイリスティックスの『愛がすべて』をかけて、昼休みに階段の踊り場で踊っていると（まさに踊り場）、

「おう、わしもいっしょに踊るで」

「ええ曲やないか」

若手の先生にも年配の先生にも、いっしょに踊る人がときにいた。

虎高は、そんな学校だった。

★木下恵介＝映画監督。映画に代わりＴＶが娯楽の中心になると、厳しくも温かな父性愛を描く「木下恵介アワー」が高い視聴率を誇った

4　ラブアタック出演と保健室と「連想記憶術」

叶うなら百田尚樹《ひゃくた》に話したい。大谷沙栄子《おおたにさえこ》先生の一件を。

シェアハウスの高いところにある棚を開ける前に、まずは低いところで散らかっているものをかたづけていた。クリーニングマーブル店の大きなエコバッグの下にあったのは百田尚樹著の新潮新書。

「きーっ」

新潮新書の表紙に向かって叫んだ。

南武線沿線の書店でこの本を見つけたときも、きーっという気持ちで買った。

百田尚樹と大谷沙栄子先生は、私の中で直結している。

直結させているのは中条秀樹《なかじょうひでき》だ。

中条秀樹はサッカー部のエースだった。

ベビーフェイスだった。

目鼻の造作としてはベビーフェイスだが、顔つきは甘ったれではなく、やんちゃそうだった。乱暴そうではない。やんちゃ。

笑顔が「てへっ」だった。「フッ」ではなく。

なにか失敗をしたとき。小さな親切をして異性に喜ばれたとき。てへっと笑って首のうしろを掻きそうな雰囲気。じっさいにそうしなくても、そうしそうな雰囲気、てへっ。

中条秀樹が滋賀県立虎水高校に通っていたころ、日本全国の若い女性には、おおローラと歌い、即席カレーにカンゲキする歌手が大人気だった。彼がステージに現れると「きゃーっ、ヒデキ」と黄色い声が飛んだ。

そのころに、サッカー部のエースで、ベビーフェイスなんだけどやんちゃな風貌で、てへっと笑い、そのうえ名前はヒデキ。そのうえ苗字が中ジョウ。フィクションじみた名前だ。鋼《はがね》のアイテム揃いだ。

「きゃーっ、秀樹」

中条秀樹がシュートを決めると三年女子が叫んだ。

「わーっ、中条くん」

中条秀樹がシュートをはずすと二年女子が残念がった。

「あれがヒデキさんや」

中条秀樹が渡り廊下からグラウンドに向かうと一年女子がふり返った。

鋼の人気の男子。それは、犬井くんが手紙ではしゃっちょこばって無意味にイニシアルにした「N」。

Nの中条秀樹はしかもTV出演までした。虎高を卒業してすぐ。立命館大生として。

彼が出演した番組は『ラブアタック！』。

大阪朝日放送制作の、テレビ朝日系列で全国放映されてもいた、大学生参加のバラエティ番組である。五人の男子学生参加者が、「かぐや姫」と呼ばれる一人の女子学生参加者をめぐって、さまざまなゲームをし、最後まで勝ち抜いた一人が「かぐや姫」女子学生にデートを申込める。彼女の答えがNOなら「みじめアタッカー」となり、YESなら、ホテルプラザのレストランでのフルコースディナー券が贈呈されるというルールだった。

ここで百田尚樹である。

中条秀樹が立命館大生だったとき、同志社大生だった百田尚樹は、この番組の「みじめアタッカー」として常連だった。みじめ、と形容されてはいるが「みじめアタッカー」の常連というのは、芸人的な人気者の立ち位置になり、一度の出場で勝者となった大学生よりずっと注目される存在である。

だが中条秀樹は、そうした立ち位置を望むような「てへっ」ではなかった。大学生の時点で彼は、すでに長く、おそらく幼稚園・小学生のころから、スポットライトを浴びる状態を、リアルな生活において充分に味わい尽くしてきたのである。

人生のスタートを切ったころから人気者であるという状態があたりまえだった中条秀樹は、『ラブアタック！』に出場したとき、滑稽なゲームでは生来の（つまり、人の視線に応じるパフォーマンスではない）やんちゃぶりを発揮し、運動神経の問われるゲームでは元サッカー部エースの面目躍如ですいすいとクリアし、優勝賞品のＲＡＤＯの腕時計を獲得し、ルックスの善し悪しが問われる「かぐや姫」判定でもＹＥＳボタンを押されて、頰にキスされる栄冠に輝いた。

最強だ。鋼の男子だ。鋼の人気で最強にチャーミングな中条くんを、十七歳だった私は……。

さて、その前に「くん」についてである。

中条くんのことも、彼とリンリン・ランラン★のようにいつもいっしょにいた犬井くんのことも、中条さん犬井さん、と呼ぶべきではないのかと指摘されたのは、成人後だ。

成人後に、虎高出身でもない人に、虎高生徒について話すような機会はめったになかった。めったになかった機会が二回あり、どちらの機会でも指摘された。指摘した二人と私はほぼ同世代だった。二人とも、首都圏に生まれ育ち、別学の高校の卒業者だった。一人は、中条・犬井は一学年上なのだから「さん」を付けて呼ぶべきではないのかと指摘した。この指摘に対しては、たしかに私も同意した。

敗戦後わずか、そう、今からすればわずか十余年に生まれた私の世代には、令和現在は消滅した、年長者に対する礼節がまだ充分に残っていた。だからこそ、ざっくばらんに話せる間柄が会うなりすばやく形成されたような年長者、それも一学年ほどの年長者

★リンリン・ランラン＝米中ハーフの双子姉妹のアイドルデュオ

は「くん」で呼ぶことで、そのうれしさや親しみを籠《こ》めた。これは私にかぎったことではない。少なくとも虎高では、多くの女子生徒が、一学年上だと（たまには二学年上でも）、フレンドリーに話してもよい間柄の上級生男子のことは「くん」を付けて呼んでいた。

　もう一人は、中条・犬井は男なのだから「さん」を付けて呼ぶべきではないのかと指摘した。この指摘は私にはきわめて意外だった。

　小学校三年と六年の担任だった広木先生は、後年に地域の文化資料館の館長に就任するような、地元では博識で知られた教諭で、そんな先生から「みんな、もう洟《はな》たれの低学年やないんや。上の学年になったからには、男子のことは某くんと、女子のことは某さんと、きちんと呼ぶように」と教えられたものだから、以後もそのまま習慣になった。広木学級でなかった他の児童たちも、男には「くん」、女には「さん」を付けるのが習慣だった。だから子供向けアニメの女の登場人物が、男の主人公のことを、正太さんだとか、のび太さんだとか呼ぶのを、「きしょくわるい」と評したものだ。

　しかし。今、思い出した。虎高でも男子生徒は、上級生男子のことは「くん」では呼ばず「さん」で呼んでいた。

　男には「さん」、女には「くん」。この性差による敬称差は、「アラま、つい滲み出ちゃったワ」な性差別である。とすれば、女子生徒だから一学年上でも「くん」と呼んでも許されていたのだ。「だって、女の子なんだもん」の深層心理だったのか。そうか。

そうか、と感慨深いが、とはいえ、中条秀樹や犬井一司を、中条さんだとか犬井さんだとか呼ぶと、どうも感覚として、私が青春の日に見知った彼らではなくなってしまう。「くん」で、先を語る。

さるほどに、鋼の人気で最強にチャーミングな中条くんを、十七歳だった私は、気にしなかった。

気にする、というのは、対象の人物に、常識の範囲よりさらに嫌われたくないと願うことである。

常識とは、共同社会で暮らす者として他人に嫌われぬようにするデリカシーの一種であるが、その範囲を超えて、ある人間から嫌われたくないと願うのは、その人間をとくに気にしているのである。

これが強まると、気がある、になる。気があるというのは、夜中にひとりで、ある人間のことを思い、その人も自分に対してそのような行為をしてくれないものかと望むことである。気がある、が強まったものが、恋するである。

こうした類の感情を、令和の現在、誓って言うが、私は中条くんに抱いていなかった。

しかも。

昭和50年当時においても、誓って言った。

しかし、信じてもらえなかった。

信じてもらえたと、私のほうは思っていた。

ところが、ちっとも信じてもらえていなかったのだ。

「いいえ」。

昭和50年、十七歳の私は、アルベール・カミュの『誤解』を読み、「いいえ」のひとことで終わるバッドエンドに厭な気分にさせられた。が、こういう、厭でよくワケがわからないものをイイと思わないとかっこ悪い奴になると思い、「あのラストがよい」と、SNSに投稿したり、校内発表したりするわけでもないのに、一人で日記に書いていた。青春とは、注ぐべきエネルギーを、注がずともよいポイントに、注いでしまうことかもしれない。

「いいえ」。

このひとことを、私は、あの一団に言うべきだったのだ。

一団から私になされた、不条理な依頼に、「いいえ」とだけ。

私は長く答え過ぎた。

「異性に好感を抱かれる男子であるのは客観的にわかります。つまり、だれかが中条くんを好きだと知ったら、蓼《たで》喰う虫だと思わないということです」などと、長く語っても、文章を読む習慣のない人は、単語は聞くが、紡がれたことばは聞かないのだ。その習性を私は知らなかった。

それでも、一団は、言ったのだ。「わかった」と。なのに、わかったと言った後、私に抗議した。

「大谷沙栄子を庇《かば》うな」

と。要約すればこうなる。これだけではワケがわからないであろう。英単語のcommunism（共産主義）を〈カミュ似ず、むしろマルクス共産主義〉と覚えよとある『英単語連想記憶術』のように。

少々こみいっているのだ。抗議された、こみいった経緯を詳《つまび》らかにしよう。

＊＊＊

昭和50年、三月。神奈川県川崎市の女子職員が中核派の男三人に、よってたかって鉄パイプで殴られて殺されたことが朝日新聞に出ていた二十八日。

春休みである。平日である。家の人がいない。

新聞を読んで厭な気分になったので、ＴＶをつけた。

ブラウン管の前で横臥し、肘を曲げて枕にして、タッチチャンネルを脚を伸ばして足の指で、気まぐれに変え、行儀悪く見た。家の人がいない家ではほっとする。『ロンパールーム』で幼稚園児がそろって牛乳を飲むのを見ていたら、空腹をおぼえた。正午になろうとしている。

（学校に行こうかな）

都会育ちなら、青春のアンニュイ（その正体は概ね空腹と熱愛されたい欲）を、繁華街をぶらぶらして癒す。

繁華街。それは虎高学区には存在しない。

いちばんにぎやかなのは平和堂だ。平和堂などをぶらぶらしたら、家の人の知り合いに出会う。マスクなどしていればよけいに目立つ。ウィスパーな町では、そのまま家の人に筒抜けになる。「今日の昼間に、娘さんを平和堂で見かけましたわ」と言うにすぎないのだが、聞いた家の人の、そのときの機嫌が悪いと「あんた、今日の昼間、平和堂にいたそうやな、なにをしてたんや、だれといたんや、なにを買《こ》うたんや」と詰問されたり、「平和堂に昼間にいたら蓄膿症《ちくのうしょう》になる」と癇癪《かんしゃく》をおこされる。

わが家には「月額の小遣い」のきまりがない。なにかを買うには、そのつど家の人に頼む。n円の品物に対し5n円札をもらうと4n円の釣り銭を返さねばならないが、運がいいと、釣り銭の請求を家の人が忘れることがあり、4n円を密《ひそ》かに貯める。原則的にしっかり釣り銭返却請求はされるので、爪に火を灯すように、綿密計画のもとに私は蓄えを使っている。ということは、蓄えはあくまでも密かなものである。「なにを買ったのか」という質問は、月額の小遣いを渡していなければ成立しないのである。この質問をねちねちとされるたびに、私は不条理を感じたものである。

——今からすれば、家の人は、渡していないことを忘れていたのだろう。非就労高校生の枕元に、どこからか妖精がやってきて金をおいていってくれているような錯覚に陥っていたのだ。レトリックではない。「平和堂に昼間にいたら蓄膿症になる」という癇癪も、人によっては爆笑するだろうが、不気味だと感じる人もいるはずである。レビー小体型認知症的な幻視があったのではないかと、今なら疑える。だが、昭和50年の、それも高校生では、親をそのような視点でとらえられる能力も、またその時代における、社会全体における広い情報もなかった。

しかし、たとえなくても、俺たちに明日はないエネルギーがみなぎっている高校生が、なぜこんな言いがかりじみた言い分に反抗もせず、なぜただ我慢しているのかということのほうが、多くの人には解せないかもしれない。

さらにしかし、解せないのが私にはわからない。実家にいて、家の人から食糧と衣服と寝床をもらっているのに、なぜ反抗できるのか。反抗する権利がないと高校生の私は思っていた。

だから、ぶらぶらするなら私服で繁華街ではなく、制服で学校だった。制服で学校にいれば森の中の木でいられる。――――

鉄紺の身頃《みごろ》とセーラーカラーに、薄鈍《うすにび》と燕脂のストライプのネクタイをウィンザーノットやノンノットなど各自の趣味でしめるデザインの制服に着替え、井狩医院のすみれちゃんに小学校三年の誕生日プレゼントにもらったストレプトマイシンの缶から五十円玉一個と十円玉四個を取り出し、プリーツスカートのポケットに家の鍵といっしょに入れると、私は学校に向かった。

正門ではなく西門に向かう細い道。ニワトコがこんもりと地味な花を咲かせ、アカシデは果穂をてれんと下げている。

(今日はもう終わらはるんかな)

西門前のたこ焼き屋はガタガタと雨戸を閉めていた。店脇の、砂利を敷いた、狭い空き地に私は自転車を停めた。

「もう閉めるさかい、持ってくか？　安《や》すしとくわ」

いつも愛想のない店主が無表情に雨戸の中を指す。たこ焼き三つと焼きそば少しに赤いウインナーソーセージがたこ切りにして添えられている。余ったものを詰めたらしい。

「サービスで百円切って九十円にしとくわ。店は閉めたで、学校《がっこ》で食べて。なんや、もぎしけん、たらいうもん、やってはるらしいで」

「へえ」

私はポケットの全額で詰め合わせパックを買い、ポリ袋に入れてもらうと、自転車を店脇に停めたまま、歩いて西門から校内へ入った。

――そういえば、あのころは鍵をかけなかった。虎高学区に住んでいたころ、自転車に鍵をかけるという行為をしたことがなかった。通学でも買い物でも。ちょっと停めた自転車は、持ち主が来るまで、いつまでもそのまま忠犬のごとく、停めた場所にあった。――

放送部部室は西門から遠い。茶室を囲む日本庭園を横切り、生物室を過ぎてすぐの鉄扉が開け放しになっていたので屋内に入った。

「おい、四教科目は一時からやぞ。のろのろ食べてて、遅れんなや」

習ったことのない、名前を知らない先生から言われた。お辞儀をしておいた。どこか適当なすわれる場所はないか。運動部の部室が並ぶ外回り沿いの庭に面した、一階の廊下を歩いていると、声をかけられた。

「乾さんやんか、なにしてるん？　今日は三年になる者《もん》の模試やってんねん」

「羽鳥さん」

頬が熱くなるのが自分でわかる。

(羽鳥さん、私のことおぼえててくれはったんや)

ヒデキカンゲキになり、口を一文字にしてしまう。ゴム鞠が弾むようにスマッシュを決めるバドミントン部の羽鳥亜樹さん。

「たこ焼きを……、たこ焼き、食べよと思《お》もて、どっかですわれへんかなて……」

どぎまぎする。

「たこ焼き？」

語尾が上がり、首は右下にやや傾いで、うふふと淡い息が鼻から洩れる。なんてスイートでフルーティな顔だろう。

「たこ焼き食べるだけやったら、ほな、この教室で食べたら？　そのへん、空いたるで」

新三年生に割り当てられた棟では校内模擬試験が行なわれており、まだクラス割りが発表されていないので、受験科目と三教科受験か五教科受験かで教室が割り当てられていることを、羽鳥さんは教えてくれた。

「この教室はもう試験終わった子ばっかりや。これから部活する子がお弁当食べてるだけやさかい、どもないわ」

微笑む羽鳥さんの小さな鼻に、かすかに皺がよる。羽鳥さんは笑うと鼻に皺がかすかによる。なんてなんてガーリーな顔。藤田嗣治《つぐはる》の少女像のようだ。感動する。

「羽鳥さんもお弁当食べはるんですか？」

「私はもう帰るの。今日は部活休むことにしたん。妹と、いっしょにわらび餅をこしらえよて約束してるのん。替わりに入《は》いったら？」

教室を出た羽鳥さんは、替わりに私を中に入れるようなぐあいに、背中を軽く押した。

「替わりに入《は》いれて……」

ふりかえると、羽鳥さんではなく、

「なんや、暗子やないか」

犬井くんがいた。

「なにしてるんや」

「え、あの……」

羽鳥さんに言ったことを繰り返しかけ、言い終わらないうちに、

「入《は》いれや」

犬井くんは私の持っていたポリ袋を持ち、机に置いた。そこは廊下側の、いちばん後ろの席で、ひとつ前の席の椅子に、彼は後ろ向きにすわった。

「俺も中条も、三教科やさかい、もうあとは昼めし食うて帰るだけや」

跨ぐようにすわった椅子の背もたれ越しに手をのばした犬井くんは、自分の弁当を食べ始める。

「なにつっ立ってんのや、すわれ」

言われて、私は反射的にすわった。自分の教室ではないぎこちなさから、足は廊下に出したまま、椅子の背もたれを横腹にあてるかっこうで、浅くこしかけた。

「たこ焼きやろ。冷めるぞ。いらんのか」

「ほしい」

ポリ袋をくしゃと押して崩し、箸を割り、パックを開いて食べかけた。はじめに焼きそばを食べた。西門前のたこ焼き屋の店主は無愛想だが、うすくち醬油少量のみで作る焼きそばは、店構えに似合わず意外にも上品な味だと近所の人にも人気なのである。

(うん、おいしい)

おいしいものが腹に入ると落ち着いた。

「おう、ごきげんさん」

拳でこつんと頭を小突かれた。あ痛《い》た、と私が見上げ、中条くんだとわかるのと、背中から腰にかけてにどんと圧力がかかるのとは同時だった。中条くんが、椅子の半分にすわったのだ。

中条くんと私は、本を挟んでいないブックエンドの形になった。中条くんは教室のほうに足を出し、ペリペリと袋をやぶり、サンライズを食べはじめた。

「秀樹くん、お昼、サンライズだけ？」

「英語が終わったとき、ネオロールをもう食うてしもたんや」

「秀樹は、社会の選択、何やのん？」

「俺か？　俺は今日だけ世界史や」

代わる代わる女子が話しかけにきて、サンライズを噛みながらくぐもった声で中条くんは答える。

私は焼きそばを一旦休み、たこ焼きをひとつ食べた。おいしい。たこが大きく、おいしい。ちょっと冷めているのがよけいおいしい。もうひとつ口に入れた。

(よし、ウインナーも合体させよう)

たこが喉を通過し、口にまだたこ焼きが残っているうちに、赤いウインナーを入れよう。プキッとウインナーを噛むときの歯ざわりを期待して、綿密に計画した。

さっき店主が指したプラスチック容器からウインナーの真っ赤が見えたがゆえに、私はこのパックを、ためらいなく買ったのだ。わが家では赤いウインナーが食べられないのだ。父親がカンガルーの肉だと言い、買うことを許可しないからである。上官が許可しないものを次官は恐れる。だから私は幼児のころから弁当を持参せねばならぬ機会のたび、他の子供たちの弁当箱にある真っ赤に、ずっと憧れていた。若いパパとママのいる家の輝きだった。

私の割り箸が憧れの赤いウインナーを挟もうとした、そのとき。

「おっ、たこさんウインナー、うまそうやな、ひとつくれ」

もうひとつはないのだ。ひとつだけなのだ。それを中条くんはサッと指でつまみ、口に放り込んだ。

私は胴を反転させた。右の肩甲骨を反らせ、右肘を引き、上腕二頭筋と三頭筋を収縮させると、赤いウインナーを攫《さら》っていった中条くんの右手めがけて腕をのばした。

――――突如として赫怒《かくど》して怒鳴る父親を唾棄していたのに、彼に酷似して突如として怒る性質を私は受け継いでいた。だが頭の回転が遅いためにことばで怒鳴れず、手が出る。この性質は、他人にはほとんどばれていなかった。この突如の暴力をじっさいに受けた相手が、私の鈍重そうな顔や体軀と、自分が突如受けた暴力との落差の、気味悪さゆえに決して口外しなかったからである。――――

腕をのばした直後に私は、目にものを見せられた。私の、捩《ね》じりすわりの体勢でのストレートなど、サッカー部のエースにはマタタビを嗅いだ猫の手のばしだった。ひょいと手首をにぎり、完璧に防御した。「ごめんごめん、クラァ」という軽口もつける余裕で。

暗子《クラコ》を略した「クラ」の母音が関西弁特有にのびて「クラァ」となる発音。イントネーションとしては英語のdelay【diléi】に近い。この「クラァ」という呼び方に、私はよけいに怒りをおぼえた。広木先生が担任だった小学生時代、掃除をさぼるなと私が注意すると「ごめんちゃい」と人生幸朗《じんせいこうろ》（漫才師）の真似をしてちょかした男子に、いきなりバケツの水を頭からぶっかけたときのように。

目にものを見せられたというのに、私は怒りをコントロールできず、左ストレートも試みたが、左肩と僧帽筋を中条くんの手と腕で押さえられて失敗に終わった。

中条くんは、たこ焼きをひとつ指でじかにとり、

「ほれ、これ、食べ」

私の口に入れてきた。いきなり口にたこ焼きを入れられても、こちらに構えがないのにぽこりとうまく入るわけがない。ぐちょと一部だけが見苦しく入り、中条くんの指も嚙んだ。

「痛《い》てて、ウインナーくらいでそないに怒るなや」

指を自分の口に入れ、指についたたこ焼きのソースを、中条くんは舐めた。

私はぶすっとしたまま、残りを食べ、ぶすっとしたまま教室を出た。

――この日、この教室に、何人の新三年生女子がいたのだろう。少なくとも十人はいた。赤いウインナー一個をめぐって揉めた私と中条くんと、その様子を見てケタケタ笑っていた犬井くんは、女子たちに映った自分たちの光景がわかっていなかった。

今からすれば、わかる。この日の中条くんの一連の動作は、〈アタシ達のヒデキが、

どこの馬の骨ともしれないブスと、それも生意気に下級生らしいブスと、椅子を半分こしてすわり、ブスの右手をにぎり、左からふざけて抱きつき、一個のたこ焼きを二人で半分ずつ食べ、ブスの口に入れた指を舐めた。犬井くんはそれを祝福していた〉と、遠目には見えたのだろう。私は多くの上級生女子一団の反感を買っていたのである。

――

*

春休みが終わり、一学期が始まった。

体育館でおこなわれた始業式で、新赴任の数人の先生が、いたって簡略に紹介された。教頭が「今年度から新たに虎高に赴任です」とステージの袖《そで》で言い、数人の先生たちがまとまってステージ脇に上がり、生徒会長が「礼」と言い、全校生徒が頭を下げるのとほぼ同時に先生たちも頭を下げ、ステージから下りた。

数十秒のことだったが、あざやかに閃《ひらめ》いた。真っ赤が。ウインナーのような真っ赤が。生徒たちの黒と紺の制服と、先生たちの濃灰のスーツの中で。

「なに、あの人?」

「あれも先生《せんせ》なん?」

ステージ脇に上がった中にひとりだけいた先生に、前方にいた生徒たちが注目した。真っ赤な口紅の先生がいたのである。黒いタイトスカートの前で組まれた手の爪も真っ赤の。

ステージ中央の校長が、新学年に向けてがんばってくださいというようなスピーチをするあいだも、視線がその先生にちらちらと向けられた。式が終わり、生徒が体育館からぞろぞろと各自の教室にもどって行くだんになると、近くまで寄って遠慮なく視線を向ける生徒もいた。

「何歳やろ？」

「独身かな？」

男子のひそひそ声にまじって、

「バーの人？」

「保健室の先生」

女子のひそひそしない声も聞こえた。

「おおたにさえこ」

大谷沙栄子先生という字であることは、生徒めいめいに配布された名刺サイズの名簿でわかった。

大谷沙栄子先生と私は、わずかのあいだだけ、渡り廊下で並んで歩くことになったが、すぐに彼女は職員室のほうへ、私は二年棟のほうへ、方向を違えた。

ファッションモデル山口小夜子のようなおかっぱで、山口小夜子よりさらに細い。黒いストッキングに8㎝はあろうかという黒いピンヒールのパンプス。黒いスーツはジャケットもスカートもぴたーっと身体にはりつくようにタイトな裁断の縫製なので、薄い大殿筋がさらにプレスされ、腸骨《ちょうこつ》が尖って浮き出ているように見える。鉛筆のように細いシルエットである。

「濃すぎひん？」

「ニオイ、きっついな」

女子のひそひそ声はもっぱら、顔肌をマットに均一に白く塗るファンデーション、目の周囲を濃くふちどるリキッドの黒いアイライナー、睫毛《まつげ》にたっぷりと含ませた黒いマスカラ、濃厚なコロン、爪と唇を真っ赤に染めるエナメルと口紅といった化粧品に向けられた。

――デコラティブな付け爪ネイルも珍しくない現代の人々にはぴんと来ないかもしれないが、昭和50年あたりの田舎町で、エナメルを爪に塗るということは、ごく淡い透明なエナメルであっても、処女ではないと宣言するものであった。赤い口紅も。――

大谷先生と横並びで歩くいっときがあった私には、口紅やマニキュアよりベルトのほうが印象的だった。

(チョークを飲んで窒息する)

ベルトを見て、頭に浮かんだのだ。

『英単語連想記憶術』に、choke（窒息する）という単語を覚えるには〈チョークを飲んで窒息する〉と覚えよと書いてあった。大谷先生は全身が鉛筆のようにまっすぐで、肋骨から骨盤にかけて一直線にビーンと細く、その細い中心に、幅の太い硬そうなベルトがまっすぐにがっちり巻きついており、ボールペンすべりどめラバーのようで、見ているほうが窒息しそうに感じられたのだ。

『英単語連想記憶術』という新書判の受験参考書を、私は買わなかった。買った同級生のものを見せてもらい、abandon（捨てる、放棄する）は〈あ、晩だと勉強捨てる〉、obstinate（がん固な）は〈お（ん）ぶしてねぇとがん固な子〉、apologize（謝る）は〈アポロじゃ、いずれも苦労させたとわびる大統領〉と覚えよとあって、どこまでが英単語で、どれが和訳で、どこをおぼえればいいのか、わかりにくく、買わなかった。見せてもらって唯一、おぼえやすかったのが〈チョークを飲んで窒息する〉だった。

しかし、チョークを飲んで窒息しそうな大谷沙栄子先生の印象も、すぐに消えた。自分のクラスとなった教室にもどるまでのことだった。

新しいクラスで、そのクラスになった生徒たちは、魔法で御者《ぎよしや》になったような化学の先生に迎えられたからである。

このクラスになった生徒たちにとっては、口紅と爪の真っ赤も、がん固なベルトも、12時を過ぎたシンデレラのドレスと馬車のように、たちまちインパクトを消した。御者先生の全身からわくマイナスオーラのほうがはるかにはるかに勝っていた。

＊

御者先生担任の、陰気で気塞《きふさ》ぎなクラスで、籤《くじ》引きがあり、私は保健委員になった。

「お伝えいたします。本日の放課後、校内委員会がおこなわれます。風紀委員会は視聴覚室、図書委員会は……」

うららかな春の日の朝と昼に、放送部の私は校内放送をし、放課後には副部長がし、私は部活を休んで保健委員が集まる三年棟の教室に行った。一階の、運動部の部室が並ぶ外回り沿いの庭に面したそこは、たこ焼きを昼食にして食べた教室だった。

中条くんが攫っていったウインナーより赤い口紅の大谷先生はいたって気さくに、常識的な注意事項やきまりを述べただけで、保健委員会はすぐに閉会した。大谷先生が退室すると、各学年の各組から出席した保健委員も退室してゆき、私もつづこうとした。が、何人かが残ったまま出てゆく気配がない。妙な視線も感じ、ふりかえった。

「乾さんやったね」

寄ってきた三年生の委員から確認された。

「はい」

「厚かましいでな、知ってるんやわ」

『花王愛の劇場』に出てくるお姑《しゅうとめ》さんのような言い方だ。私はおろおろした。

「部活は何？」

「放送部です」

「ふーん、講堂でなんかしらん、まじめなことしてる部やね。ふーん、講堂にいるさかいか、柔道部の犬井くんと仲ええのは」

「厚かましい」とちがい、「仲ええ」は皮肉だ。お姑さんは皮肉を言ってきた。いっそうおろおろした。

（私、この人に気悪《きい》うさせるようなことなんかしたやろか。今日の委員会で初めて会《お》うたはずやけど）

「仲ええかなあ……」

おろおろして、〈こんなとき、広木先生ならなんとおっしゃるだろうかと考えます〉という勉強のよくできた子の小学校卒業文集の作文が浮かび、誘拐されたときにワアワア泣く子供には犯人は油断しよるんや、ワアワア泣くふりして犯人の顔の特徴をおぼえとくとよいと、広木先生は教えてくださったと思い出し、そのあとは、犬井くんと私は、井狩医院のすみれちゃんとよりは仲がいいだろうが百合子ちゃんとみたいには仲良くないし、ハッちゃんや副部長や部長くらいではないか。男子だったらもっとよくしゃべってる子がいる。そういや広木先生はなぜ、あんなアドバイスをされたのだろう。朝の会で広木先生があのアドバイスされた日に、誘拐事件のニュースでもあったのだろうか。でも、犬井くんは駸々堂で本を買うし、本の話をするのはやはり犬井くんということになるのだろうか。……などと、お姑さんのような皮肉におろおろして、あちこち考えが飛び回る私が、

「本の話をするのは犬……」

途中まで言いかけたところで、

「中学どこ？」

不意に質問が変わった。そこへ、

「たこ焼き好きなん？」

まだ私が中学名を答えていないのに、別の三年女子がそばに来て、別の質問をする。なぜ急にたこ焼きについて質問を？　さらにおろおろした。西門出たところの店のたこ焼きにかぎってなら好きだと、とりあえず答えようとしたが、三年女子二人は、答えを待たず、

「最近、ちょっと、公立学校として問題あると思《お》もわへん？」

さらに質問してきた。この質問がなされると、「うん思う」「うんほんまや」と、もうあと三人が寄ってきて、五人の保健委員に取り囲まれた。

じりじりした心地で、私は「公立学校として問題がある」という発言について考えた。
(アッ)
気づいた。全員が女子だ。保健委員はなぜ女子と決まっているのだろう。籤を引く時、保健委員については女子だけが引いた。そして私が赤いマジックでしるしのついた籤を引いたのだ。共学の公立高校でありながら男女で役割分担が固定化されているのはたしかに再考の余地がある。

しかし。

国際婦人年における県立虎水高校・保健委員会が問題視したのは、この点ではなかっ

た。

　彼女たちが問題視したのは、三年の男子がやたら腹痛を訴えることだった。やたら頭痛を訴えることも。やたら指を擦りむいたと訴えることも。

「保健室を使いすぎや」

「そういえば……」

　御者《ぎよしや》クラスでも保健室利用者があると、その名を学級日誌に記してきたが、委員会のある今日まですべて男子だった。このことを言うと、

「な？　な？」

「そやろ？　な？」

　愛の劇場お姑一団は、にわかにフレンドリーになった。囲む私との距離をぐっと縮めた。

「あれはな、仮病やねん」

　一団の見立てでは、男子たちは明らかに仮病だそうだ。

「みんな、大谷沙栄子に会いたいばっかりに、仮病を使《つ》かうねん」

　ここで大谷先生に「先生」が付かなくなった。その呼び捨てぶりは、「★伊藤咲子がちょっと髪をのばした」とか「長嶋茂雄が現役引退した」などと言うときの呼び捨てぶりでもあったが、「桜田淳子てワザトラや」とか「★糸山英太郎てお金で当選しはったんやろ」などと言うときの呼び捨てぶりも多分に入っていた。

「大谷沙栄子て、あの爪な」

あの口紅な。あの靴な。あの香水な。あの化粧な。あの髪形な。

「先生やのに」

ベルトについては出なかった。

「先生やのにファンデ厚すぎる」

「保健室やのに不衛生」

「前の保健の先生はいつもやさしかったのに」

「前の先生にもどってきてほしい」

大谷沙栄子は不潔。これで、いったんまとまった。

――今からすれば、大谷先生のファッションは、不潔というよりは不適切なファッションである。保健室に来た生徒に対応するばかりでなく、校内や修学旅行先で、生徒になにかあったとき、急いでそばに行かねばならぬことや、急いで傷口などに応急処置を施さねばならぬことも保健教諭にはあるのだから、8㎝ピンヒールの靴やタイトスカートやエナメル染めの長い爪では、職務意識が希薄だと非難されてもしかたがないファッションではあった。――

★伊藤咲子＝昭和50年に『乙女のワルツ』をヒットさせたアイドル歌手

★糸山英太郎＝昭和49年、国会議員に選出される。金権選挙が問題に

「ほな、乾さん、頼めるな？」

三年のお姑さんが私の前に立った。

「乾さんから、中条くんに言うて」

「中条くん？」

「そや」

「……サッカー部の？」

「決まったるやんか。秀樹や。秀樹に言うといて」

「……なにを？」

「あんた、ずっと保健委員として、さっきから話、聞いてたやろが」

「……聞いてましたけど」

大谷先生の話だったではないでしょうか的なみたいなふうのかんじで、婉曲に私が問うと、保健室利用がもっとも多いのは中条くんと犬井くんなのだそうだ。

「そやから、乾さんから秀樹に言うて。なんでそんなに保健室に行くんですか。病気したわけでも怪我したわけでもないのに、保健室に行くのはやめてて」

こう言う三年のお姑さんは、中条くんと犬井くんと同じクラスなのである。

「そんなこと私が言わんかて」

「乾さん、あんた、中条くんと、あんなにシンミツなんやさかい、言うのはあんたにぴったりの役やろ」

シンミツ。このことばを発音した彼女の声は、先刻、厚かましいと発音した声より、ずっと湿っている。

――今なら、この湿潤は、彼女の、模擬試験日の昼食時の遠景を誤解したことによるものだとわかる。だが、この時点ではわからないし、また私は、中条くんとはたしかに面識はあるが、他生徒との交流と比すればとくに親密とは思えないので、なぜこの人は、こんなにねっちりとシンミツと言ってくるのか、さっぱりわからなかった。湿ってシンミツと言われると、とても厭な気分がした。――

「こんな不潔な注意、直接、秀樹にするの、うちら、ようできひんわ」

(不潔な？　注意？)

病気でも怪我でもないのに保健室に行くのはやめよう。これは不潔な注意なのか？

(そうか、この人、自分が嫉妬してることを正視できひんにゃ)

私は心中で手を打った。

某くんは某さんのカレ。某さんは某くんのカノジョ。そんな、いわば公認のカップルのような男女が、校内には数組いる。しかし、中条くんにはカノジョはいない。女子に人気ばつぐんのサッカー部のエースにはカノジョはいない。気がある女子がいる噂もない。秀樹はみんなと仲よし。だから秀樹はみんなの秀樹。そういう存在であった中条くんが、特定の女に興味を示している。それが妬《ねた》ましい。自分が彼のカノジョになれないくやしさ。自分が彼のカノジョになれないつらさ。これに耐えられるのは、中条くんがみんなの秀樹だから。それなのに特定の女の顔を見に保健室に行く。「きーっ」。この感情は嫉妬である。

「大谷先生に会わんといて」と中条くんに直接言えば、自分の嫉妬を認めることになる。なにより直接言えない。だって自分は彼のカノジョではないのだから。直接言えない自分の立場を認めたら、それを正視しなくてはならない。だから、厚かましい乾明子とやらにさせたらよい。させる理由づけに、この注意が不潔なことにしておこう。と、この人、いやここにいるお姑さん一団は、そうすり替えたのだ。

(そうか、なかなかつらい気持ちやなあ)

私は思った。このときは単純な分析をしたのだ。

「言うだけなら、言います」

——お姑さんのつらい気持ちも理解できる客観性を持った女性、それが私。と、私は私でまた自己満足を、正視していなかった。——

*

鹿児島県の革マル派の高校教諭が中核派に殺されたニュースを、制服のネクタイを結びながら聞いた日、私は昼休みに、中条くんのクラスの教室まで行った。

後ろの戸から中を窺う私を、件《くだん》の中心お姑さんが見つけた。

「秀樹くん、昼休みになったらすぐ、いはらへんようになった。犬井くんもや。きっと二人ともリンリン・ランランで保健室や」

★田中佐和のような断定。

「早《は》よ行き、乾さん。早《は》よ」

急《せ》かされて私は保健室に行った。

ノックした。応答なし。もう一度ノック。応答なし。引き戸をスライドさせた。保健室にはだれもいない。

コーバイに行ってみた。いない。虎高の敷地は広い。これだけの移動で汗ばんでくる。ペパーミント・パティで首や額を拭いながら、次は講堂に行った。一気に温度が下がる。天皇が皇太子だった時代も知っている建物が木目から吐き出す古い匂いが、鼻腔に入ってくる。

涼しい講堂を見渡すと、一階には、犬井くんら柔道部の男子たちのすがたはない。

形式的に天文部兼鉱石部の部室とされている二階に行った。古い机を挟んだ古い椅子の奥に、体育祭で使用して、来年の体育祭でもまた使うかもしれない大きなベニヤ板がたてかけてある。

いた。中条くん、犬井くんが、そして大谷先生が。

★田中佐和＝占い師。ＴＶの視聴者参加型番組で、出場者カップルの将来を霊感で占う、その口ぶりに特徴があった

（ほんまにいはった）

「なんや、クラァか」

中条くんがこちらを向いた。

「おう」

犬井くんも向いた。ギターを持っている。

大谷先生も向いた。顔だけ。私からは背中を向けた位置に立っている。

「なんや？」

「用か？」

先に犬井くんが、つづいて中条くんが問う。

「こないだ保健委員会があって、そのときに問題が出ました」

答えると、大谷先生が１８０度ターンして私を向いた。

「えーと、怪我でも病気でもないのに保健室に行くのはやめましょうと結論が出て、それを伝えに来たというわけです」

講堂の涼しい空気が、この状況下をすしすしと流れていく。

「クラァ、田井中に頼まれたんやろ」

田井中尚美《たいなかなおみ》。これが件の三年のお姑さん保健委員の名前である。図星をつかれて私は、

「ううん」

芸のない否定をしてしまった。あははと中条くんと犬井くんは大きな声で笑った。

「ええがな、わかっとるがな。田井中とは中学んときからいっしょやさかいな」

中条くん。

「俺らな、文化祭でいっちょうバンド組んで出ようと思《お》もてんのや。犬井と二人やとむさくるしいさかい、美女に入ってもろたほうがええやろが。そんでそれを頼みにいったり、打ち合わせしたりすんのに、保健室によう行ってたんや」

「そや。今日はな、ギターのほかにもピアノ入れよかとか、ここで練習するのはどやろとか相談してたんや」

犬井くん。

「そうですか、がんばってください……」

先生がいる場であったから、です・ます体で言った。

「田井中さんには何か悪い感情を与えてしもたようやね、わたしからも、機会があったら言うとくわ。ありがとう」

大谷先生。すすしと流れてゆく涼しい空気。

「失礼します」

これ以上、三人といっしょにいる必要性が見出せず、私は階段を下りた。田井中お姑さんからの依頼は果たした。そう思っていた。このときは。

とにかく伝えたので、中条くんと大谷沙栄子先生がどうしたこうしたというようなことは、かすれた。

＊

私は自慢したいほど狭量だ。狭い心は、もう何人かで（美しい女子生徒や女優や好きな作家や仲のよい友人など）、もういろいろな事項で（読んだ本やTV洋画劇場で見た映画など）、もうトラブルで（つねに家の中で発生し、家の人が呻《うめ》く）、すでに占められており、その隙間に授業やテストについてを入れると、ぎゅう詰め状態なのである。保健室云々はとっととかすれて立ち退き、春は過ぎた。夏になると、どっか行った。

狭い心を圧倒的なシェアで占めるどころか、占めてなお表にまで溢れるほどのできごとがあったのである。

ミッシェル・ポルナレフと握手をしたのだ！

京都会館で。

公演とは公に演じると書く。公に演じられる催しに行き、ステージに手をのばして演者と握手する。この行為は、これだけなら、ただ、これだけのことだろう。部活の連絡をするために同級生に気軽に家の電話から電話をかけられるような家に暮らす高校生には。

しかし、私はそういう家には暮らしていない。家から、夜に、都会の、会館に行くためには、『ラブアタック！』の全ゲームを勝ち進まねばならぬような障害があった。詳細は後にするが、それを乗り越えての握手だったのだ。

〈ぼくにあこがれている女は、自分の不幸も忘れて、ぼくのために泣く〉

と鼻にかかるRの発音を入れて歌い、アルフレッド・コルトーの再来との評価もあるテクニックでピアノを弾くポルナレフを生で見るというようなできごとがあったのだ。

大谷先生の化粧がどうの、中条くんが保健室を利用しすぎるなどということは、どっか行った、そんなもん。

〈みんな天国に行くさ。神を信じようと信じまいと。良いことをしても悪いことをしても。キリスト教徒でも他の宗教の徒でも。犬だってサメだって。みんな天国へ行くんだよ〉

おーにら　とぅーそー　ぱらーでぃー　めーもあ　おーにら　とぅーそー　ぱらーでぃ。おーにら　とぅーそー　ぱらーでぃー　おーにら　とぅーそー　ぱらーでぃ。

＊

冬が近づいた。

マスクをかけていても目立たない季節になった。

一時間目が終わると同時に私が保健室に向かったのは、だが風邪ではなく、生理痛のためである。マスクは長年やっているだて
だ。

生理初日と二日目は痛みが酷く、鎮痛剤を飲むため、必携のサニタリーポーチには鎮痛剤も入れておくのだが、十月ぶんを飲んだあと、今月ぶんはうっかり補充しそびれていた。

保健委員はすでに別の女子に替わっていた。彼女といっしょに保健室に行った。

彼女が引き戸をノックした。応答がない。戸を引く。開かない。私も引いてみる。開かない。

「鍵がかかったる」

「大谷先生、出張かなんかなんやわ。だれか痛み止めを持ってきてはる子、いるんちがうかな。教室、帰ろ」

彼女が私の先を歩き出し、私もつづいたとき、保健室の先の教室の戸から首だけを出して、田井中尚美お姑さんがこちらを見ているのに気づいた。が、二時間目の予鈴が鳴ったので、私たちは小走りで陰気な御者《ぎょしゃ》ホームルームにもどった。

＊

田井中お姑さんに呼び止められたのは、放課後だ。

「ちょっと」

たこ焼き屋の脇の、砂利の敷かれた、たこ焼き屋店主が軽トラックを停めた、そのトラックにもたれ、私はだてマスクを顎までずらして、後ろ手にして腰をマッサージしていた。そこへ、田井中さんほか、お姑さんA、お姑さんB、お姑さんC、お姑さんDといったふうの計五人のお姑さん団がやってきたのだ。

呼び止める声はすこし遠く聞こえた。クラスにセデス（鎮痛剤）を持って来ている女子がいたので分けてもらって、三時間目の前と、六時間目の前にも、飲んでいたためである。

「文化祭で中条くんと大谷沙栄子がいっしょに歌うたうて、ほんまか？」

「歌うたう？」

私はずらしたマスクを元にもどして聞き返した。

「とぼけんといてよ。秀樹本人が、クララから聞いてへんかて言うてはったで。乾さん、あんた、秀樹からクララなんて呼ばれてんの？」

お姑さんAが言い、

「クララとちがいます」

台風の目の話をしてくれた相沢くんが、「ぼく三平とちがいます」と否定するように否定したが、

「ほら、仲のええことやな」

相沢くんの否定が無視されたように、私の否定も無視された。

「中条くんと犬井くんと大谷沙栄子でロックバンド組んでステージに出るて、あんた、話聞いてたんやろ。とぼけんといて」

お姑さんB。CもDも、先のAも田井中さんも、みな私に、とぼけるなと言う。

「そういえば……」

そういえば、そんなことを言われた。しかしミッシェル・ポルナレフと京都会館で握手をする前のことなど、パリより遠い。

「ふざけんといて。私、ちゃんとあんたに頼んだし。あんたも引き受けたやんか。自分が引き受けたことはちゃんとやりとげてよ」

田井中さんは、大谷沙栄子に近づくなと中条くんに言えと私に言ったと言う。が、この人は私に、怪我でも病気でもないのに保健室を利用するのはやめよと言えと言ったはずである。

「ちゃんと言いましたけど……」

「ちがう。いいかげんにしか言わへんかったやろ」

「あんた、秀樹といつも連絡とりあってるんやろ。大谷沙栄子のことはほんまか？」

「……質問を遮りますけど」

ポルナレフと握手をしたことにより、パリのオランピア劇場でもない虎高の体育館のステージで、だれがだれと歌をうたおうがどうでもよいという気持ちが、京都会館のように広くなり、

「そんなことは私やのうて、中条くんでも大谷先生でも、当事者に聞いてください」

一学期のようにはおろおろせず、穏やかに言った、つもりだった。だが、

「なんやて」

一団は怖い顔になった。

「あんた、秀樹に気があるんやろ。クララなんて呼ばれていい気になってたのに、大谷沙栄子にとられそうであせってるんやろ」

「なにがクララや」

お姑さんCとDは、聞き間違えているクララについてさえ怒る。すると、

「乾さん、あんたの気持ちはな、うちらかてわかるの」

田井中お姑さんが(的外れな)懐柔に出てきた。

「あんた、秀樹のやまぐちももえが気になるんやろ。あんたが一番気にしてること、うちらも心配してるんよ」

(?)

耳を疑った。セデスのせいか。「やまぐちももえが気になる」と聞こえた。やまぐちももえ。山口百恵しか浮かばない。「秀樹の山口百恵が気になる」?

「文化祭で秀樹が大谷沙栄子とバンドを組んでステージに立つというのんが、もし、ほんまのことやったら、秀樹が汚《よご》れてしまうということやからね」

(……)

山口百恵。汚れる。秀樹の山口百恵が気になる。……。そうか。私は暗号を解読した。山口百恵の『ひと夏の経験』は性体験を匂わせる歌詞だ。

「中条くんが大谷先生とセックスするのではないかと、田井中さんたちは気にしてはるんですか？」

私が言うと一団は、ずずと20㎝ほど私から離れた。

「そんな、いやらしい言い方……」

「いやらしいて、田井中さんたちが気にしてはるのは、そのことでしょう。へんな暗号を使わんといてください。私、尾崎千秋、好きなんですけど、オナニーのことをアヘアへと言うとこだけ嫌いなんです。鶴光《つるこう》の注射も大嫌いです」

——今からすれば、このときの明言は、嫌いな自分の顔を覆えるだてマスクのおかげで通常より落ち着いていられたせいもあるが、セデスを飲んでいたことも大きかったのではないかと思う。酔っているに似た状態になっていた。ほんのひとことが酔漢の尻尾を踏んでしまい、それまでぼんやり飲んでいた酔漢が突如として怒ることが、酒場などではよくある。

オナニーをマスターベーションと、キスをチューと、セックスを注射やエッチと言うようなぼやかし換言は、私の性分には、きわめて下品に響くのである。田井中尚美さんの発言は、私の尻尾を踏んだのだ。——

「中条くんは大谷先生とセックスしたいと言わはったんですか。大谷先生が中条くんとセックスするつもりよとでも言わはったんですか」

「そ、そんな不潔な言い方……」

一団はずずと60㎝ほど、私から離れた。

「うちらはただ、校内で不潔なことがおこなわれてるのはいややと思《お》もて……。大谷先生は、髪形とか爪とか口紅とか、いつも不潔やんか、なあ……」

大谷沙栄子を大谷先生に変え、一団は互いに顔を見合わせる。

「大谷先生のファッションだけ見てセックスしそうな人やと決めつけてるんとちがいますか。外見だけで判断してるんちがいますか。

大谷先生とちゃんとしゃべったことあるんですか。もしかしたら大谷先生は、自分の顔が大嫌いで厚う塗って覆ってはるのかもしれんやないですか。育《そだ》たはった家がすごい暗い家で、やっと家を出られて、ああいう洋服を着てああいう靴履くことで、家から脱却しようと思《お》もわはったんかもしれんやないですか」

私はびっくりした。自分の声の大きさに。ものすごく厭な気分になった。父親と同じことをしたと気づき。

私も、私を囲む五人も、だまった。敷かれた砂利がじゅると鳴った。

「あの……、大谷先生の家のこととかほんまの性格とかは、私も知らんし、わかりませんけど……」

大声を出した自己嫌悪で、私はクールダウンにつとめた。

「ただ大谷先生のファッションのことだけなら、中条くんとか男子は、おもしろがってはるだけやと思うんです。まわりの人がしてはらへん格好《かっこ》やから……」

クールダウンにつとめずとも、自己嫌悪でへこたれた声は熨《の》されていた。

「そやから中条くんの大谷先生への関心は、性欲ではないと思うんです」

「ほんま？　ほんまにそう思う？」

田井中さんは、飼い主が小皿に牛乳を注ぐのを見つけた子猫のように私を見た。けなげな目つき。ああ、この人、ほんっまに中条くんのこと好きなんや。

「思う」

私は断言した。

「なんで？　なんで思うん？　なんで？」

「大谷先生は★ジーナ・ロロブリジーダみたいやないからです」

「ジ、ロロ？」

ジーナ・ロロブリジーダを田井中さんは知らなかった。ロッサナ・ポデスタ。アニタ・エクバーグ。私は自分がムラムラして性欲を催す対象の名前を、正直にというより、先刻、アヘアへや注射が嫌いだと大声を出した手前、意地になって挙げていった。が、どれも田井中さんには（他のお姑さんたちにも）わからなかった。わからない顔をしていたから挙げられた。それでもラクウェル・ウェルチは避けたのは、意地になってさえ、相手がわからないとわかってさえ羞恥が勝るほど催す対象だったからである。

「ゼロ《0》ゼロ《0》セブン《7》に出て来《き》はる女の人みたいなスタイルやないから」

言い方を変えた。

田井中さんは、霞が晴れるように合点のいった表情を私に向けた。

「そやから、中条くんとか男子は、大谷先生のファッションがおもしろいだけやと思うんです。なんて言うたらええかなあ、町にサーカスがやってきたかんじ……」

繁華街もないこんな田舎の高校の男子にしてみたら、まわりにいる女生徒や先生や家にいる女の家族とはぜんぜんちがう化粧や服装をしている大谷先生は、ものめずらしくて気になる。

「……サーカスを見にいくような気持ちやと思うんです」

私は静かに言った。

「わかった」

田井中さんも静かに言った。

「それやったらええの」

田井中さんははじめて私に笑顔を見せたが、お姑さんＡＢＣＤは見せなかった。むしろ、前より怖い顔になった。

「わたしはようわからへんわ。大谷沙栄子は保健の教師として問題があるやんか」

★ジーナ・ロロブリジーダ、ロッサナ・ポデスタ、アニタ・エクバーグ＝イタリアならびにスウェーデン出身の女優。『007』には出演していないが、いずれも初期ボンドフィルムのボンドガールのシルエットの肢体をしていた

Dは、軽トラの横に停めてあった自転車の前輪を、こつんとランバンモカで蹴ると、

「帰るわ」

駅のほうへつづく道を歩き出した。

「待ってよ」

田井中さんはDを追いかけた。

ABCは、二人を追いかけて私の前を過ぎた。過ぎざまに、Aはフンッと息を吐いて自転車の荷台に括られた鞄を叩き、Bは、

「大谷沙栄子みたいなんを必死に庇《か》ぼて」

と言ってから叩き、Cは、

「大谷沙栄子を庇《か》ばうような女子は、女子として考え方がおかしいわ」

と私を睨んでから、星のしるしのついたバスケットシューズで後輪をゴンと蹴ったので、自転車は倒れた。

一団はいなくなった。

私は身をかがめて、自分の、自転車を起こした。倒れた衝撃でサドルが歪んでいたが、そのまま跨がって漕いだ。一団が去っていった駅のほうとは反対に漕いだ。田んぼや藪《やぶ》や叢《くさむら》ばかりのあたりを、ごうごうと漕いだ。

「もうっ、なんやて言うんや！」

むしゃくしゃした。「魅惑の森」に、田んぼの畦道から入ったら、顎を切った。帰る

と血が出ていた。竹の枝が田んぼに傾がぬよう、一部に針金をめぐらせて枝を結わえてあったのが、針金が切れて枝についたままだったのである。傷は長く残った。

＊

虎高の文化祭のプログラム作成には文化祭実行委員会に、放送部も加わる。校内行事の告知だからである。

実行委員会から伝えられた、催し内容の説明や出演者や開始時刻を見やすいプログラム原稿にして、ガリ版の原紙に切るのが放送部だ。

――謄写版、通称ガリ版は、エジソンの複写機を参考にして、明治期に滋賀県の父子によって開発された印刷方法ならびに印刷機で、廉価・エコ・ハンディ・万人に操作可能なため、一九八〇年代はじめまで、学校、演劇団、楽団、ＴＶ制作会社、軍隊、等々あらゆるところで用いられた。

蠟《ろう》はインクを通さない。ここがミソ。蠟を全体に塗ってパリパリした和紙を原紙として、やすり板を下敷きにして、ペン先が鉄でできた鉄筆で、表面の蠟を削る塩梅で文字やイラストをかく。印刷したい紙の上に原紙を、専用の台に置いて、台付属のスクリーンをかぶせてインクをローラーで全体にこすりつけると、蠟が削れた部分だけにインクがしみとおるから、紙には文字やイラストが印刷されるしくみ。原紙を切るとは、原稿をロウ原紙に鉄筆で書いたり描いたりする作業のこと。書き損じたときは蠟燭をこすりつけて修正した。鉄筆を使う音がガリガリするのでガリ版と呼ばれた。――

講堂の部室で、部員は作業分担して、ガリガリと原紙を切った。

（ELPて……）

私は鉄筆を持つ手を止めた。原稿には二日目のプログラムとして、滋賀県立短期大学の教授の講演につづき、

〈ブギウギ演奏　ELP＝犬井一司・中条秀樹（3―3）、大谷沙栄子（保健）〉

とある。

これがお姑さん一団が問題にした中条くんと犬井くんと大谷先生の出演であろう。内容とグループ名を、今人気のダウン・ブギウギ・バンドとE　L　P《エマーソン・レイク・アンド・パーマー》から拝借したのはわかるが、本家ELPはメンバーの姓によるものだ。犬井一司、中条秀樹、大谷沙栄子の出演者三人には、苗字にも名前にもELPは無い。INOもしくはKHSではないかと考えていると、

「クラクラッ」

放送部の引き戸の、私の顎に出来た傷の長さほどの隙間から、犬井くんの早呼びが聞こえた。ハッちゃんが開けた。

「暗子、あんな、まだ間に合うんやったらな、俺らが出るとこ、ちょっと変えてほしい」

ブギウギ演奏ではなく、ハッピー演奏に訂正したいと言う。

「ええよ」

私は蠟燭を「ブギウギ」の上にこすりつけ、「ハッピー」に修正した。

「おおきに」

「なあ、犬井くん。ちょっと教えてほしいんやけど、ＥＬＰて何の略や？」

「俺らのイニシャルや」

「いぬい」だから「ｅぬい」でＥ、「大谷」の「大」は「large」だからＬ、中条の「中」は崩し字で書けばＰに見える。なのでＥＬＰ。犬井くんは説明した。聞いて、私の顔の筋肉は、絆創膏を貼った顎から頰にかけて歪んだ。

「苦しいのう……」

『英単語連想記憶術』なみに苦しい。

「えぬいでラージで崩し字でＥＬＰて……」

『英単語連想記憶術』tropical＝捕ろう、光る熱帯の魚、くらい苦しい。

「まあ、当日は三人でがんばってえな」

理あらずと悟る＝realize。

だが、ＥＬＰのハッピー演奏は、苦心のネーミングのわりに、短い出演時間で、二曲しか歌わなかった。ビートルズの『イエスタデイ』をアカペラで三人で。ジュリーの『時の過ぎゆくままに』を、犬井くんがギター、中条くんもギター。ただし中条くんは、ギターを斜めがけして、手を添えているのみでボーカルに専念。大谷先生は「生きてることさえいやだと泣いた〜」とうたう男子二人にはさまれて、歌いもせず、ただ椅子にすわっていただけだった。

町にやってきたサーカスを見にいくようなもので性欲の対象ではないと、田井中さんを励ましたのは、やはり正解だったと私は思った。このときは。

＊＊＊

令和二年のシェアハウスで、私は新潮新書を前に、『ラブアタック！』をふりかえる。

勝ち抜きゲームの最終はフルコースを食べるゲームだった。このゲームで百田尚樹がどうやって食べていたかの記憶はない。当時はまだ同志社の一大学生だった氏を認識していなかったし、家の人が在宅しているときには見られなかったから、毎週、この番組を見ていたわけではない。

最終ゲームを考案したのは、当時の番組スタッフであろう。私は最終の、フレンチ・フルコースの早食いゲームが大嫌いだった。

いよいよ最終ゲームですというときに、プラザホテルのレストランのシェフが出てきて料理の説明をする。運ばれてくる料理はどれもおいしそうだ。なのにアタッカーの男子大学生たちは、味わうどころか、ゲームの性質上、ろくに嚙みもできず、呑み込み呑み込み、早食いを競うのである。

最初に出る熱いポタージュスープも一気飲みだ。猫舌のアタッカーはきわめて不利だ。私の口にたこ焼きをつっこんできたくらいだから、熱いかもと心配しなかった中条秀樹は猫舌ではなかったのか、このゲームでも勝ち進んだ。

コーヒーが運ばれてきたときの彼の顔を、顔の状態を、私は令和の今でもはっきりおぼえている。咀嚼せぬ食物で頬がパンパンに膨らんでいた。

デミタスカップに注がれた熱そうなエスプレッソを一気に飲み、一気に食道へ流し、全てのゲームに勝った彼は、かぐや姫からもすぐにYESのボタンを押され、カップル成立賞品であるディナー券を、かぐや姫と並んで受け取った。「こんどはちゃんと味おうて食べてくださいね」と司会の横山ノックから言われて。

(すごいなあ)

TVの前で私は誇らしかった。最終ゲームは嫌いだったが、中条秀樹の勝利には、すなおによろこび、校則など無きに等しい自由闊達な虎水高校の校風のなせるわざだと誇りに感じたものだ。

日常生活で顔見知りの人が、びわ湖放送ではないTVに、出て動いている、というのを見たのは、中条秀樹が初めてだった。

しかし。

私が百田尚樹に聞いてもらいたいのは、この出演についてではない。私が上京してからの、ある一件である。そう、虎高を卒業後、私は上京したのだ。

「上京した」に傍点がついているのは、令和の若者にはさぞやふしぎだろう。昭和の若者でも、同志社大学への推薦入学を、女の子だから京都は危ないと断った放送部部長に地域差を感じた人には。たんに滋賀から東京に新幹線で移動しただけのことに、なぜ傍点をつけるのだろうかと。

部長のような人がとくにめずらしくなかった昭和50年代初めに、滋賀から、女子生徒が、東京の学校に行く、ということは、たんなる移動ではないのである。

京都会館にミッシェル・ポルナレフの公演に行くどころか、同級生女子に単純な連絡事項の電話をかけるのもままならなかった家から、私は脱出したのだ。この移動には私の浅く愚かな知恵で思いつくかぎりの、偽《にせ》と案出と、幼稚な堪忍と不安と、そして天の加護があった。加えて、青春に在る者だけが持つ怖いもの知らずさが。詳らかにするのはここでは避けるが、たんなる移動ではなかった。

上京後の一九九〇年。

もう平成である。「花粉症」が広く認知され、マスクはオールシーズンのアイテムとなっていた。そしてレコードからCDの時代になっていた。

平成にはミッシェル・ポルナレフに気をとめる日本人はめっきり少なくなっていたが、私はとめていた。マスクをして、新しいアルバム『カーマ・スートラ』を、銀座の山野楽器に買いに行った。

そして、銀座四丁目交差点で中条秀樹と会ったのだ。

ごく短い再会だった。叶うなら百田尚樹に話したいのは、このときのことだ。

＊＊＊

山野楽器を、１９９０引く１９７５を暗算しながら、私は出た。

（15年もたったのかあ。そんなにかあ）

ポルナレフがアメリカに渡って15年。初のCDでのアルバムだ。

うれしくて、白いリーボックのフィットネスシューズが、横断歩道の白いところだけ踏むように渡る。

大枚叩《はた》いて人気のリーボックを買ったのだが、やはり去年にがんばって買ったアビアのシューズに比べると、ヒールジャックやロッキンホースなどの強度の高いステップには、いまひとつ足の包み込みに快適さを欠いた。室内用から下履きに下ろした。

白い部分を選ぶためにうつむいて、和光前から横断歩道を渡り、三愛の前で顔を上げたときである。

「中条くん」

ためらう前に声が出た。すぐに出た。見るなり中条くんだとわかり、出た。マスクをしていた安堵感から、出た。

中条くんは黒っぽいマオカラーのスーツを着ていたのだ。虎高の男子制服のような。

肩からさげた鞄はビジネスマンがよく持つようなファスナー式で開閉する式のもので、外ポケットから、書類を入れるのによく使う茶色のA4くらいの封筒がのぞいていた。ベビーフェイスも変わりなかった。ベビーフェイスは私のほうを向いたまま、サッカー部だったころよりは日焼けの褪《あ》せたその上に、「こいつ、だれ？」というやんちゃな表情を浮かべていた。

「虎水高校でいっしょやった乾明子です」

マスクを顎までずらし、すぐにもどした。

「クラァ？　クラァか」

ベビーフェイスはビジネスマンから男子高校生の顔にもどった。うおう、クラァかと、笑顔になった。

「痩せたさかい、わからんかったやないか。どこの中山美保やと思《お》もたがな」

最強の男子、鋼の人気のサッカー部のエースの、世辞。

豪快な世辞を、豪快に、ためらいなく言えるから、彼はエースで鋼の人気だったのだ。

（こういうところが人に好かれたのだろうな）

どこの中山美保やと思《お》もたがな。これは、今人気の中山美穂ではない。中山美保だ。吉本新喜劇の中山美保。吉本新喜劇ではヒロインふうの役を担当していた。吉本新喜劇の中山美保と私は似ていない。だいいちマスクをしていた。世辞を言ってくれたのである。サービスなのである。

サッカー部のエースだった、『ラブアタック！』でかぐや姫を射止めてプラザホテルのディナー券をもらったヒデキに、サービスしてもらえるくらい、われわれの間には月日が流れたのだと、感慨深くなる。

「中条くん、こんなとこで会えるやなんて」

乗り越えた月日にじーんとする。彼にここで再会するまでの月日。家から東京に移動いた、いた、した月日。

この月日のあいだに、自分がついたぼろぼろの嘘、必死の工夫、阿呆な我慢とびくつき、その愚かさを見守って下さったイエス様のお保《まも》り。それらに思いを馳せてじーんとした。

「俺もや。いやー、嬉《うれ》しわ。出張《しゅっちょ》来て、まさかクラァに会えるとはなあ」

なあ、と中条くんは私の肩に手を置き、私を軽く抱くようにぐっと近寄った。青空の下の銀座四丁目交差点。

ああ、こんなところを田井中尚美さんや、お姑さんABCDに見られたら、また抗議される。十代のときにはなかった余裕が〈私をクスリと笑わせた〉と、べたべたの定型フレーズをプラチナ万年筆★で日記に書きたいくらいにさせた。

私は中条くんをうながし、鳩居堂の軒先からやや逸れた、人の往来を邪魔しないあた

★プラチナ万年筆＝愛の日記をつづる内容の歌詞のCMソングが人気だった

りに向かいあって立った。

「ええ靴履いとるやないか。白がまぶしいわ」

靴を褒められる。

「クラァが東京に住んでるとは知らんかった。東京で仕事してるんか？」

「うん」

「中条くんは？」

「立命を卒業してからずっと京都や」

京都に本社のあるメーカーの社名を、中条くんは告げた。

「犬井くんは？」

「知らん」

「知らん？　仲よかったやんか」

「よかったで。そやけど、あいつ、浪人が決まってから、引越ししてしまいよったんや。あいつの親父さんがフィリピン、いやシンガポールやったかな、ASEANのどっかに転勤になって。なんや、連絡とれへんようになって」

連絡をとろうと思えばとれたのだろう。だが、その時の眼前の事項で、そこまで手をのばせなかったのだろう。やっと家を脱出したらしたで、迫ってくる生活の問題事項が私の眼前に次々にあったように。だから私も犬井くんと連絡がとれなくなったように。

「田井中尚美て、おぼえてるか？」

「うん」

　おぼえてますとも。

「あいつと俺な、中学からいっしょやったんやけど」

「うん」

　聞きましたとも。

「その中学の校長先生《せんせ》の紹介で見合い結婚して、名古屋に住んどるわ。校長先生から聞いたんやけどな」

「……。ほな、大谷沙栄子先生は？」

「先生」の語から滑るようにこの質問が出た。

「大谷沙栄子。いやー、なつかしなあ。どうなんや、あの人、元気なんか？」

　田井中尚美さんといい、お姑さんＡＢＣＤといい、そして当事者の中条くんまで、なぜ私に大谷沙栄子先生について問うのだ。ミッシェル・ポルナレフの初ＣＤアルバムが渡米15年後に日本発売になっても。

「そんなこと、私に訊かれても」

〈sigh再《さい》、ため息をつく〉。英単語連想記憶術。

「あんな、虎高のときにな……」

　私は中条くんに、田井中さんたちとの一件を端折《はしょ》って打ち明けた。

「そうかあ、15年前に……」

中条くんは、和光ビルのてっぺんの時計を見上げた。青い空。

「……クラァは怒られたか。あはは」

やんちゃな顔つきにベビーな笑顔。かつて赤いウインナーを攫われ、しんそこ怒った。クラァと呼ばれ、その軽薄さをしんそこ怒った。けれど、青空を背景に、このさわやかな笑顔を前にしたら、15年の過ぎた月日へのなつかしさのほうがまさり、さらに、

「あの先生《せんせ》は、そんなに虎高の女子から嫌われてたんか。そら悪いことしたなあ」

笑顔が和光の時計から私に向いたものだから、これはもう、「今となっては、田井中さんたちも、思い出してクスリと笑《わ》ろてはるわ」と言うしかない。

「今となっ」

まで言いかけたのと、

「大谷沙栄子はほんまに」

中条くんが言うのとが重なった。

大谷沙栄子と呼び捨てた。田井中さん一団とはまたちがう響きの呼び捨て。シンミツな呼び捨て。

「ほんまにようやらしてくれたがな。保健室の鍵かけて、声出さんように音たてんようにするのがたいへんやったで」

「……え？」

『カーマ・スートラ』の入ったプラスチックの袋が、かしゃと音をたてた。

「放課後すぐに犬井や。朝は一時間目と二時間目のあいだに俺や。一発では足りんさかい二発になることもあってなあ。予鈴が鳴っとんのにアアンアアンの、俺ももっともっとや」

ほんまに高校生のころは元気やったなと、ケープコッドの灯台に近い東海岸の町を舞台にした少年時代をふりかえる秀逸なアメリカ文学の主人公のようにリリカルに告白されて、私はびっくりした。

「え、えええーっ」

鳩居堂から出てきた客が、こちらを見たほど大きな声で。

「俺と犬井が卒業したあとは、サッカー部やのうてアメリカンのやつらが世話になっとんたんちがうかな。ほれ、クラァの学年の」

×××とか××とか。中条くんが発した、私の学年で女子人気の高かった男子生徒の名前。

「え、えええーっ」

びっくりした。

てへっと中条くんは首のうしろを掻くと、

「ほな、帰りの新幹線に遅れるとあかんさかい、もう行くわ」

元気でなクラァと、地下鉄への階段を下りて行く。

「ちょ、ちょっと」

すぐに追いかけようとした。だが腰が抜けたようで、口は開いたままで、リーボックを履いた足が動かない。

「ちょ、ちょっと待っ……」

声もかすれる。腹式に一呼吸してから、やっと階段を下りた。

地下の人群れの中に、彼の姿を見つけたが、さすがはサッカー部のエース、さすがは『ラブアタック！』で全ゲームを勝ち抜いた彼は、人の群れをタタタタとドリブルするようにすばやく泳いでいった。

地下で私はぼーっと立ち、マスクの内側にひとさしゆびとなかゆびを入れて顎に当てた。ゆびの腹が2センチほどの傷の盛り上がりを感じる。

(何のために……。こんな怪我してまで、何のために……)

何のために、どうなのか、自分でもつづきがわからない。

ものすごく理不尽だった。

とにかく理不尽だった。

＊＊＊

こうしたわけである。百田尚樹に大谷沙栄子先生の一件を話したかったのは。

南武線沿線の書店の新書コーナーで氏の名前を見たとき、直結する大谷沙栄子先生を思い出し、『鋼のメンタル』という書名に、きーっとなって買ったのだ。

「まさに鋼のメンタル……」

鋼の大谷沙栄子先生の一件は、まさに道理がないではないか。私があんな目に遇う。「魅惑の森」の竹を結わえてあった針金にひっかかったのは、たしかにだれかが私にひっかけたのではなく、私が自分でひっかけたのだけれど、けれど、あんな目に遇わなければ、針金のついた竹にひっかかる目にも遇わなかった。

顎には今でも傷がある。年月を重ねて薄くならなかった。年齢を重ねて、皮膚にハリがなくなり、かえって目立ってきた。これこそ『英単語連想記憶術』を使う。〈moreover ＝もう老婆、その上、さらに苦労とは〉だ。

私が使ったのは『試験にでる英単語』だったのに、百田尚樹の著書名が目に入ったすぐそばに、最新版の『英単語連想記憶術』があって、これもつい買ってしまったのだった。なつかしくて。

5　青春の性欲

上京して知ったのは、『試験にでる英単語』のことを「でる単」と呼ぶ人がいることだった。

「しけ単」と呼んでいたと私が言うと、「でる単」と呼んでいた人たちは、へえ、とおもしろがり、それだけで、学食やダンススタジオ更衣室の潤滑油になった。

「でる単」「しけ単」で笑い声をたてていると、「今の若い人はそうなのねえ」と言われたものだ。「わたしたちは『まめ単』だったわ。『赤尾の豆単』」と。

あたりまえだが上京してきたころは私も「今の若い人」だったし、「今の若い人はそうなのねえ」と言っていた人も、同じことを言われた過去があったのである。

人種宗教問わず、すべての生者に、時間は例外なく降る。公平である。

令和二年の現在に「今の若い人はスマホがあるから」と言う私は、老人用の施設に入るまでの住み処として、このシェアハウスに住むことにしたのだが、このハウスのある南武線沿線の書店で、百田尚樹の『鋼のメンタル』といっしょに買うまで、『英単語連想記憶術』のことはすっかり忘れていた。「しけ単」とはちがい、話題になることがなかった。

(虎高にも、これ買ってた人、ちょっとはいたのにな)

略した言い方がないほど少なかったのであろう。

スマホを出し、ケンサクしてみる。

(同じとこから出てるんだ)

「しけ単」も『英単語連想記憶術』も同じ会社が出している。

「青春出版社」

口に出して社名を読んだ。

フィクションめいた名前である。

(中条くんみたいだ)

青春。

「セイとシュンが、青と春のどちらの音読みかを、いつも混乱する」と言っていた同学年生がいた。

彼女が『英単語連想記憶術』を買って、私に見せてくれた。中高ともに同じだったのだが同じクラスになることがなかった。それでもコーバイや平和堂でものをいっしょに食べることがあり、なにかのはずみに「セイシュン」と、彼女が中空を見つめて発音し、ゆびで中空に字を書いて、漢字と音読みを確認しているのを見た。「勉強ができて活発な女子」の代表のような人だったから、意外なそのようすが、私にはユーモラスだった。

卓球部だった彼女は、同じく体育館競技であるバスケットボール部の男子とよくいっしょにいた。

「カレとカノジョの関係になりたい」と願う気持ちを「恋愛感情」と呼ぶのであれば、たんに廊下でしゃべったり、平和堂できつねうどんを食べたりするだけで、恋愛感情はワルツやタンゴを踊る。

もし、互いにこの感情を抱き合っているのであれば、廊下でも平和堂でも、この感情はジルバとチャチャチャで踊りまくる。肉体がエクスタシーに達する。そんなような気持ちになるという喩《たと》えではなく、じっさいに肉体が痺れる。青春とはそうしたものだ。セイ・シュンを混乱する卓球部だった彼女と、バスケットボール部の男子は、そんなような関係に見えたかもしれない。卓球部の彼女に恋愛感情を抱く男子には。バスケットボール部の男子に恋愛感情を抱く女子には。

だが、二人はそういう間柄ではなかった。彼女と彼には各々にカレとカノジョがいた。共学の異性生徒間に頻繁に生じる、動物的な平和関係の間柄だった。

ここでいう「共学」とは、真性共学のことである。学校HPに「共学」と出ているだけで、フロア分けクラス分けは男女別の疑似共学のことではない。

真性共学の異性生徒間には、「恋愛感情は介在しないが、異性であることで、同性同士より遠慮や気遣いをしなくてすむ、動物や昆虫の♂と♀が敵対しないようなレベルに近い平和な間柄」が、頻繁に生じる。これは共学において「友だち」と呼ばれるが、

「恋人未満の関係」とはまったくちがう。質がちがう。

放送部のハッちゃんは、放送劇『台風一過』を手伝ってくれたきっかけで、天文部男子とよくしゃべるようになり、よくいっしょに平和堂できつねうどんを食べていた。友だちだった。ハッちゃんに対して恋愛感情を抱く男子からは、また、天文部男子に恋愛感情を抱く女子からは、そうは見えなかったかもしれないが、そうだった。

副部長も、犬井くんとは、この間柄だったのだろう。

だが、私と犬井くん、私と中条くんは、この間柄とは微妙にちがった。

私は犬井くんと二人で、ときに犬井くんと中条くんとの三人で平和堂できつねうどんを食べたりしたが、この間柄ではないのだろうと、すくなくとも私のほうは、密かに気づいていた。彼らとの中性性《ちゅうせいせい》は、残念なことに私の理性ではなく、私の性欲により保たれていると。

彼らの性欲と自分の性欲は同質であることに、私は密かに気づき、このことはひた隠しにしていた。

田上公美子さんや羽鳥亜樹さんにうっとりするのは、宝塚歌劇団にうっとりするのと同じ、まったく同じではないかもしれないが方向性として同じだと、犬井くんは思っていただろう。概ね事実である。

だが、私は自分の容貌に対する絶望から、美しい彼女たちを見つめていた。自分の顔にも体格にも絶望していることは、口に出せない。自分の容貌を憎悪している者は、自分の容貌についてのマイナスの感想を他人に漏らすこともおこがましいし、「そんなことないよ」という社交上のとりなしを求められていると相手からばかにされるにちがいないと、自分の絶望を地下牢に閉じ込めるのである。美しい女生徒を「すてきー、きれいー」と讃えるなら口に出せる。美しい女生徒を讃えているあいだは、湿気《しけ》て溝鼠《どぶねずみ》がうようよする陰惨な地下牢から出してもらえて、鉄条網に囲まれた中庭だけに限られるとはいえ、青空が見えるそこを一周できて、外の空気が吸える時間である。たとえ腰に巻かれた縄を看守がすぐそばでしっかりにぎっていたとしても。

生活圏で見る美少女でさえ、中庭を一周させてくれるのだから、かけはなれた外国の、生活圏外の、銀幕やレコードの中の、オリヴィア・ハシーやアン・ソフィ・シリーンやスージー・クアトロの、非日常な美しい顔や肢体や演奏は、中庭に半日いてよしと特別許可されたような力を持っていた。ミッシェル・ポルナレフは、そうした力の最大にいた。

ポルナレフという存在は彼の音楽と同化しており、それは夜空にまたたく南十字星だった。北半球では南十字星は見えない。星が美しいことの象徴として在る南十字星なのである。

北半球の、田んぼと叢と藪と林と里山に囲まれた虎高学区の、ブロードのカーテン仕切りの自室の窓から金星を見て、南十字星のまたたきに射られるのである。

夢の中のラース家の舞踏会に、私はぜったいにミッシェル・ポルナレフと行かなかった。彼にふさわしいのはオリヴィア・ハシーだろうかアン・ソフィ・シリーンだろうかと、お姑さんのように仕切り、幸せだった。

身のほどを知る清い幸せと、しかし、まったく同時にあぶらぎった獣欲があった。私は、ラクウェル・ウェルチに邪《よこしま》な性欲を抱いていた。『恐竜100万年』のビキニを剝がして犯す妄想に囚《とら》われていた。それをひた隠しにし、犬井くんには「ラクウェル・ウエルチはいいね」とだけ口に出せたが、成人映画の主演をするイーディ・ウイリアムズを悲鳴をあげさせるほど犯したいと願っていることはひた隠しにした。

マリアと娼婦。恋人がいても雄琴★。星空のポルナレフと獣欲のイーディ・ウイリアムズ。こうしたアンビバレンツは、

「男子がプラトニックで好きなのはほっそりした清純派、プラトニックじゃなく好きなのは胸の大きい人」

と、定説のように巷間に流れていた。「しけ単」が青春に在る者のバイブルだった時代には。乳房が大きいと清純ではないことになる論理破綻の定説だが、清純がなにを指すかなどどうでもよいほど私は、大きな乳房と尻に性欲を催したので、この定説もどきと、男子たる生物の並列心情に、心から共感していた。

とはいえ、芸能史に何人もいるonly for menなセックス・シンボル女優全員にそそ

★雄琴＝滋賀県、琵琶湖西岸のソープランドエリア

られていたわけではなく、バスト100cmでも童顔のクリスチナ・リンドベルイに、私の性欲はぴくとも動かなかった。88cmの清楚な顔だちのサンドラ・ジュリアンにも。やさしい顔だちのマリリン・モンローやクラウディア・カルディナーレにも。ましてやイザベル・サルリの、「あたい」と自称しそうな気のよさそうな顔はバスト110cmでも論外だった。ウェルチとウイリアムズは顔が驕慢だからそそるのである。

かかる性嗜好ゆえに、私は確信をもって、田井中尚美さんに言ったのだ。「中条くんの大谷先生への関心は、性欲ではない」と。

大谷沙栄子先生には気取ったところはなく、保健委員会でもフレンドリーに女子生徒に接してくれた。乳房が小さく尻は薄かった。窒息《choke》しそうな硬く太いベルトをしていてもまっすぐなほど胴にくびれはなく、鉛筆のような身体だった。マスカラもアイラインもファンデーションもとても濃かったが、眉が薄く目鼻口の造作が地味なので、近くで見てはじめて濃いとわかるのであって遠目には濃い化粧に見えなかった。たしかに口紅とマニキュアは真っ赤だったが、地味な造作なので二カ所くらいポイントをつくって工夫していたのだと思う。

私は大谷沙栄子先生にそそられなかった。ゆえに、中条くんら男子が保健室に行くのは、田舎の高校生活では周りにないファッションがものめずらしく、町にやってきたサーカスのピエロの遊技を見に行くようなものだと、確信していた。

私のしくじりは、自分の性欲が、もてる男の性欲ではないことに気づかなかったことである。

♀には「自分の畑だけを守らねばならない」任務がある。だから♂を選別する。選り好みする。好みが煩《うるさ》い。

♂には「できるだけ多くの畑に自分の種を蒔《ま》かねばならない」任務がある。相手を選ぶ♂は種蒔き範囲が狭くなる。すなわち♂のパワーがある男ほど、♀を選り好みしない。選り好みしないから♀と数多く接触する。数多く接触するから♀に慣れる。慣れるから♀を惹きつけるパワーが弥増《いやま》す。青春出版社ではない学研『高2コース』にも旺文社『高二時代』にも書いてあった。数学と英語の成績アップには「覚えるより慣れろ」と。これと同じ。慣れればもてる。もてる男ほど選り好みしない。逆も正なり。もてないイケてない男ほど、コト細かに選り好みする。

自分の性欲は、もてないイケてない男の性欲と同質であることに気づかず、田井中尚美さんにまちがった励ましをしてしまった。

あのとき、中条くんに恋する田井中さんには、スピーディにわからせればいいのだと励ますべきだったのだ。

男を引き寄せるには、わからせることなのだ。スピーディにわからせることなのだ。あっ、♀がいる、とすぐに♂がわかる。スピードが肝要だ。サイズなどではないのだ。『恐竜100万年』のラクウェル・ウェルチのポスターになぜ男は昂奮するのか。0・01秒で女だとわかるからだ。

大谷沙栄子先生の唇と爪は真っ赤だった。すぐにわかる。女だ、と。飲み屋の赤提灯さながら。大谷沙栄子先生のブラウスは第二ボタンまでいつも開いていた。すぐに感じられる。あ、おっぱい、と。サイズではない。乳房を感じたらAAカップはいきなりFカップになる。

中条くんはサッカー部のエースだったではないか。ばつぐんに体育ができて、ばつぐんにもてる男子だったではないか。なにを選り好みなどしよう。

青春に在って、青春の性欲をつくづくわかっていなかった。私はつくづく山口、、、、、、、百恵をしていなかった。山口百恵をしていたらわかったかといえば、そうでもなかったようにも思われるが、していないよりは、しているほうが、やはりいくぶんわかるだろうし、だいいち、山口百恵をするためには、相手がしたいと思わないとならないのだから、そう思わせる能力をやはり私は大幅に欠いていた。

＊＊＊

上京して知ったのは、「えらい」という形容詞が「立派だ」という意味でしか通じないことだった。急いで階段をかけあがって「ああ、えらかった」、看護師さんに「えらい仕事だね」、始発列車に乗る予定表を見て「えらいスケジュールよ」等々、私が「疲れる・きつい」という意味で使うたび、相手は謙遜したり、ふしぎそうな顔をしたりした。

大学を卒業して間もないころ、ほがらかな看護師さんに私は言った。「看護婦さんはえらい仕事だよね」と。彼女は「とんでもないわ。私なんかまだまだよ」と謙遜した。謙遜した、ほがらかな看護師さんが、私を誘ったのである。ジャズダンス・スタジオにいっしょに入会しようよと。

今のネイルサロンのように、町のワンブロックに一つはジャズダンスやエアロビクスのスタジオがあった時代のことである。

彼女とは杏林大学の構内で知り合った。名古屋から上京してきたばかりのころだった。新幹線のぞみ号のように、私はまず名古屋に移動し、その後に東京に逃げた。

経緯はこうだ。名古屋に谷さんのお姉さん夫妻が住むことになった。霰の中を父に命ぜられて私が軍鶏を買いにいった鶏肉の卸売業者の谷さん。谷さんの、お姉さんの夫は牧師さんで、学齢前の私は彼が勤める牧師館に預けられていた。牧師さんはもとは名古屋の人で、そのせいなのかどうなのかはわからないが名古屋の教会へ赴任することになった。彼らの長男家族も教会向かいの建売住宅を買った。愛知県立短大のそばの。

滋賀から上京したことを、たんなる移動とだけ思う人（多くの場合、首都圏に生まれて首都圏に育った人がこう思う）には、鶏肉卸売業者の、姉夫婦が名古屋の教会赴任になろうが、そのまた長男家族が、建売住宅を買おうが、どうでもよいことだろう。

しかし私には絶好のチャンスだった。先の戦争により、シベリアに、敗戦後十余年もの長きにわたり抑留されていた私の父親は、ようやくの、生命があっただけでも奇跡的な帰国後、しばらくキリスト教に救いを求め、生計をたてる道が整うまで、子である私を牧師館に預けたのである。父親のキリスト教への、また、牧師職にある人間への信頼の度合いはいかほどのものであったのか、令和の今でも私には正確には計れないが、少なくともその牧師さんについては軽んじていないのはたしかだった。

その牧師さんが、名古屋に帰ることになったとの挨拶で父を訪《おとな》い、愛知短大に私が進学するなら、またうちに下宿すればよいと言ったのである。

隣県感という点で名古屋は、京都大阪よりは薄いものの、三重岐阜福井よりも名神高速道路で簡単に行けるぶん強く、お母さん方の祖母が名古屋に住む井狩医院のすみれちゃんはじめ、近所にも大学時代だけを名古屋で過ごす某さん家《ち》の息子さん娘さんはめずらしくなかった。愛知短大に私が進学するならうちに下宿すればよいとは、牧師さんにしてみれば、名古屋市瑞穂区の教会の場所を説明する、ほんのわき道の発言であったろう。

下宿。このひとことは私の耳で希望の鐘のようにリンゴンリンゴンと鳴り響いた。「ここから出られる」と。愛知県立短大。当時の虎高学区のような町では、滋賀県立短大や滋賀大ほどではないにせよ、県立短大というところは、「親御さんや親戚の人たち」が「女の子」が高校を卒業して「保母さんや先生になるのに行かはる」場所として、文句なく祝福する進路の一つだった。祝福されて、まんまと私は名古屋までホップすることに成功した。

牧師さんの御長男宅の三畳間から女子ばかりの短大に通ったあいだのことは、むろん記憶にあるが、印象的なことは体育の授業以外にない。三畳間では、虎高時代には定期考査前でさえろくにしたことがなかった、テストのための勉強というものをはじめてした。

そして、とにかく金を貯めた。髪は自分で切り、服も靴も一着も買い足さず、週末には教会敷地の草むしりと便所掃除のアルバイトをした。自分で何か行動するのに、いちいち家の人の顔色を窺わずにすむのは、有り難いことこの上なかった。教会での掃除バイトがきっかけで、お金持ちの信徒さんから効率のよいバイトを得た。その人の家と、その人の高齢のお舅《しゅうと》さんが入院している病院を定期的に往復して、洗濯した物を届けて洗う物を受け取ってくるだけのことで予想外に高額の代金がもらえた。お舅さんが別の大きな病院に検査に行くさいに付き添うとまた別途もらえた。

東京に行くために金を貯めたのである。ユニオンチャーチの礼拝に行ってみると下宿先に嘘をついて上京し、大学入学試験を受けた。毎月重い生理日を避けないとならないし、宿泊代に限りがあるし、礼拝という嘘ではフェローシップ参加や少し観光もすると加えても二泊三日が関の山だから、その間に試験を行なう大学で、三教科で受験できるとなると、選択肢には限りがある。杏林大学に合格したので、牧師さんと長男さんには上京することにしたと御礼を言い、急な出立を詫び、貯金の残金を持って夜中に夜行バスで上京し、入学手続きをすませた。だが、家の人にはいっさいを知らせなかった。知らせれば捕まる、幼い心のままに怖れたのである。幼いころからの夢。それはひたすら、家から出ることだった。

名古屋から東京への、かかる強行移動は、むろん平穏に行くはずがない。牧師さんや長男家族は向学心からの転学と見てくれたが、家の人や、コーバイのや江さんが「底意地が悪い」と言った乾佐知はじめ親戚からは、突然の夜逃げ（家出）だと見られた。じっさいのところ、そうだった。逃げたのだから、家に頼るわけにはいかない。

今からすれば、事態を平穏ならざるものにした最大の原因は、家の人よりもむしろ、私が青春に在ったことであろう。ありとあらゆる者が、嬰児から歳月を経て青春に至る。各人には各人の生育背景がある。だが、青春の段階ではまだ、自分の生育経験からしかものが見えず、その狭窄《きようさく》な視野だけで発想する。

「学生でいないといけない」。東京の学校に通う学生という身分を手に入れれば逃げられる。この手口しか私には発想できなかった。滋賀から名古屋への移動が「棚からぼた餅」でできたことによる短絡の発想だった。ほかにももっと穏当な方法があっただろうに。

＊＊＊

上京して知ったのは、「下靴《したぐつ》」が滋賀周辺の方言だったことだった。上京するまで、屋内で履く靴は「上靴《うわぐつ》」、屋外で履く靴は「下靴《したぐつ》」と言っていた。お茶を「おぶ」と、本当を「ほんま」と、意地悪を「いけず」と言うのは方言だと知っていたので、使わないようにしていたが、上靴下靴《うわぐつしたぐつ》は全国的な呼称だと、疑ったこともなかった。ジャズダンスを始めるにあたり専用シューズについて、「運動用の下靴を洗って使ったのではだめかなあ」と私が言うと、スタジオにいっしょに申込みに行った、ほがらかな看護師の友人から「したぐつってなに？」と眉根を寄せて訊かれた。

杏林大医学部付属の看護学校生だった彼女とは、キャンパスはちがったが学生のころに会ってはいた。武蔵境駅の近くにある『ヒューマンステーキ』という店に大勢で行ったときに同席したのだ。佐川君事件が報じられたころで、みなは店名についてオカシイとさわぎ、互いに連絡先を交わしたりはしたが、親しくなったのは、学校を出てからである。

大ヒット中の映画『フラッシュダンス』を新宿に見に行ったら、売店で偶然会った。ジェニファー・ビールスがかわいかったと、売店で盛り上がり、ジャズダンス・スタジオに二人で入会し、職場も近かったので以後、親しくなった。

私が保健学部を受験したのは、大谷沙栄子先生とは無関係である。

愛知短大のころ、体育の授業で褒められたからだ。バレーボールや卓球でも基礎陸上運動でも。卓球では、長く卓球をしていたという教授から「えっ、卓球するの、初めてだって？　ほんとに？　嘘だろう？」とおどろかれさえした。おどろいたのはこちらのほうだった。何人かの同級生から「明《めい》ちゃんて、小学校のときから体育の時間になると元気になる女の子だったんでしょう」などとひやかされると、「嘘だろう？」と頬をじっさいにつねったほどだ。体育の授業で自分が褒められるなど、青天の霹靂《へきれき》だった。

ソフトコンタクトレンズが理由だと思う。痛くて落としやすいハードコンタクトレンズに代わって、痛くなく外れにくいソフトコンタクトレンズが日本で広く普及するようになったのは昭和50年あたりである。便利らしいと田舎町にも噂が流れてきたのはもうすこし後で、昭和51年には虎高でもこれをつける女子生徒が出始めたのだが、私は愛知短大に入ってからつけるようになった。牧師さんと長男夫妻が入学祝いに買ってくださったのだった。

右0・1、左0・01という極端な視力差は「不同視」と呼ばれ、眼鏡では矯正しきれない。つねに距離感が狂うために、跳び箱などは、踏み切るまでの目測がまったくできず、バスケットボールもソフトボールも、眼鏡をかけていても、距離が測れなかった。それがコンタクトレンズをつけたとたん、まさに世界ががらりと変わった。

東京への移動を企てるにあたり、だから保健学部を受験したのだ。体育と関係があるような気がして。

体育の時間に褒められなかったら、『フラッシュダンス』を見にいくこともなかっただろう。看護師の友人といっしょにジャズダンス・スタジオに入会することも。それを機会にアロービックダンスを40年近くつづけることも。健康保険組合卓球大会に出場することも。

ひとたびスポーツ・メーカーが製造販売するスポーツシューズの履き心地をおぼえると、もうほかの靴はえらい。通勤時も休日も、靴はスポーツシューズになる。

平成2年にミッシェル・ポルナレフの『カーマ・スートラ』を山野楽器で買った帰りに銀座四丁目交差点で、中条くんはフィットネスシューズを褒めてくれた。「ええ靴履いとるやないか。白がまぶしいわ」と。

*

「リーボックか」

「うん。走るだけならええんやけど、アロービックにはちょっとえらいさかい、下靴におろしたん」

「そか。エアロビやっとんのや。会社の子に聞いたけど、あれ、ごっつ難しいんやてな。クラァならできるんやろ」

「できるんやろて……。虎高のときは運動を趣味にするなんて思《お》もてもいいひんかったで」

「嘘やん。クラァはわりに運動神経ええなと思《お》もてたで。なんや、そんなかんじした。あれで痩せよったらバドに勧誘してもええんちゃうかて、羽鳥亜樹に推薦したことあるがな」

中条くんに言われて、私はひどく意外だった。意外さゆえにだまってしまったので、

「東京に住んでるとは知らんかった。東京で仕事してるんか」と中条くんは訊いてきて、そして、その後に、大谷沙栄子先生との保健室での真実を、けろりと告白したのである。

＊

あの発言には本当におどろいた。衝撃の告白だった。

あらためて誓って言うが、私は彼に（も犬井くんにも）恋愛感情は抱いていなかった。青春の恋愛感情への衝撃ではない。

虎高は公立である。大谷沙栄子先生は公務員である。教育委員会の乾佐知から聞いていたが、大谷先生は当時三十代の二児の母だった。

犬井くんから「アヘアへの最中だったから電話に出なかった」と言われて「それは邪魔して悪かったな」と言った私は、エロスとロマンスには寛容であり、あのころの少しあとにゴールデン洋画劇場で放映されたアニー・ジラルド主演のフランス映画★『愛のために死す』のごとく、現在のフランス大統領エマニュエル・マクロンと★ブリジット夫人のごとくの恋に中条くんと大谷先生が堕ちていたというなら、青春の情熱を、遅ればせながらも祝したと思うし、ニンフォマニアの女教師という存在にも、イーディ・ウイリアムズの『恍惚の7分間』を見たい見たいと下半身を焦《じ》らせていた私はしごく寛容なつ

もりであるし、もし彼女が、中条くんや犬井くんや、彼らの卒業後はアメリカンフットボール部のタフガイとの交合に、ラブホテルなり自宅倉庫なり自家用車なりを利用していたのなら、そのニンフォな告白をされたところで、『カーマ・スートラ』★なるアルバム名ににやりとできるようになった三十二歳時なら、「それはそれは。お愉しみでけっこうなこってすな」と思っただろう。

私の衝撃は、「のどかでしかなかった」ととらえていた虎高の、人糞肥のにおいの漂うような畑と蛙の鳴く田んぼの中の虎高の、特別に衛生に留意すべき保健室で、そんな特殊利用がなされていたのかという衝撃だった。

そして私は、かかる衝撃を、パリからロスへ渡ったミッシェル・ポルナレフのＣＤアルバムを銀座で買った日より、えんえん三十年ものあいだ、ただひとりで、胸におさめてきた。百合子ちゃんから大谷沙栄子先生がずっと公立高校に勤務していると聞いていたからだ。私がだれかに漏らせば、大谷先生の立場に差し障りが出ると。

本心としては、銀座四丁目交差点から自宅にもどるなり、電話番号さえわかれば、田井中尚美さんに洗いざらいしゃべりたかった。ごめんなさい、私がまちがっておりまし

★『愛のために死す』＝女教師と教え子の男子高校生の恋愛を描く
★ブリジット夫人＝高校教師のころに生徒だったエマニュエル・マクロンと恋におちる
★『カーマ・スートラ』＝古代インドの性愛指南書と同題のアルバム

たと謝りもしたかった。

だが、そのころスマホもケータイもなかった。ケンサクもSNSもできなかった。

わが青春の日に、南十字星とまたたき、今なおまたたくミッシェル・ポルナレフは歌った。

〈みんな天国に行くさ。神を信じようと信じまいと。良いことをしても悪いことをしても。キリスト教徒でも他の宗教の徒でも。犬だってサメだって。みんな天国へ行くんだよ〉

おーにら　とぅーそー　ぱらーでぃー　めーもあ　おーにら　とぅーそー　ぱらーでぃ。おーにら　とぅーそー　ぱらーでぃー　おーにら　とぅーそー　ぱらーでぃ。

6　有名な名前

喉が渇いた。

ルイボスティーを飲もう。

スマホをポケットに入れ、棚の奥から出てきた生徒名簿を左手に持って、部屋から出た。

南武線沿線のシェアハウスの一階の私の部屋は、ドアを開けると、細く短い廊下に沿って、二階住人と共用の洗面所がある。洗面所の隣が三人共用の浴室で、廊下の先に、これも三人共用のダイニングキッチン。半地下の自室にもどろうとしていた住人がいたので、会釈をした。

坂道に立つこの家の所有会社が、ここをシェアハウスに改造したのは名案だったと思う。同じ家をシェアしているとはいえ、間取りが巧みなので気詰まりにならない。

脚高のスツールにすわり、ラジコを起動させて、サミットストアで買ったティーバッグで昨晩に作っておいたルイボスティーを飲みながら、名簿をぽちりぽちりと繰る。

(飲みながら、聞きながら、か。あのころの勉強のようだ)

ながら勉強をするな。ながら勉強は効果などない。さんざん言われながら、いつもコカ・コーラを飲みながら、深夜放送を聞きながら、教科書や参考書を繰っていたものだ。ラジコがニュースを伝えてきたので、しばらくグラスと名簿から手を離した。新型コロナウイルス関連のニュースばかりだった。こうした中で、記憶を見つづけているのは気散じなのだろうか。

小池百合子。

東京都知事と同姓同名の同級生がいる。

県内で何回か引越しをした私が三年から通った虎北《とらきた》小学校で同じクラスになった。小学校時代の百合子ちゃんは、自称が「百合子」だった。

＊＊＊

「百合子も、明《めい》ちゃんとこに行く」

一学期の、ゴールデンウィークの前である。ほかの三人の女子に、百合子ちゃんもまじった。彼女たちは、私が鍵で玄関の戸を開けるところを見せてくれと言うのである。大人の人がだれもいない家を見たいと言うのである。そんな動作と状態を、なぜ見たいのか、私にはわからなかった。

――鍵っ子、という通称が新聞に出始めた時代だった。広木学級にも学年にも、鍵っ子は私以外にはいなかった。家にいる嫁なる母たちの大半は、家の周りの田畑や自宅兼用の商店で仕事をしても家から離れた所には勤めには出ず、役所や病院などに勤める職業婦人がいても、その家には祖父母がいるのが当然だった時代である。小学生の子供が解錠して、成人がいない家屋に、他のきょうだいもなく一人きりでいる、という行動や状態の経験が、同級生たちにはないことが、このときの私には想像できなかった。

―――

「百合子もワゴンを見たい」

四人は私の家の、台所と食堂のあいだに置いてある棚も見たいと言うのである。これも、なぜ見たいのか、私にはわからなかった。その小ぶりの棚は、魔法瓶だの、茶筒だの、ネスカフェとクリープだの、角砂糖だの、湯飲み茶碗、コーヒーカップ、スプーンなど、来客時に必要なものが納めてあるだけで、きれいでもすてきでもない家具だ。ただ脚にキャスターが付いているというだけの。

―――キャスターの付いた家具というものが多くは普及していなかった時代であったこと、社会の時間に広木先生が、京都の西洋料理店でワゴンで運ばれてきたデザートのケーキを選んだことを話されたことが原因だったと思われる。今からすれば。―――

三年時は、土曜のほかに木曜も四時間目までの午前中授業だった。こどもの日には、みな家族でなにかする予定があるからと、四人は前日の木曜★を選んだ。

★前日の木曜を選んだ＝当時は祝日が日曜と重なったり飛び石になっても振替や移動祝日はなかった

学校のひけたあと一日家に帰り、私も含んだ五人は自転車で七海屋《ななみ》パン店前で待ち合わせた。「特別な日」だから、五人とも親から、七海屋のサンドイッチを買う百円をもらっていたのだ。ハム、たまご、プロセスチーズ、きゅうり、のサンドイッチに缶詰のさくらんぼ一つとパセリが添えられて、こぎれいに透明なプラスチックパック容器に並んださまは、小学生五人をうきうきさせた。

サンドイッチを自転車籠に入れると、五人は一列になって、七海屋の裏手から里山に向かって舗装されていない小径を漕ぎ、ふもとの神社で円になってサンドイッチを食べた。そして、わが家にやってきた。

やってきた四人のうち、百合子ちゃんを除く三人は、棚を、この日の来訪者言うところのワゴンを、ちょっとだけ見て（おそらく）がっかりした。

百合子ちゃんだけが、ワゴンにというより付属のACコードにいたく関心を示した。ワゴンには小さな引出しがついており、短いACコードが収納されている。キャスターが付いてはいても、わが家ではその家具は、キャスターの利便性を発揮させてやれず、台所と食堂の間に動かずに置かれているだけである。ACコードは50㎝ほどしかなく、移動させないかぎりコンセントに届かない。収納されっぱなしのコードは、収納しやすいよう螺旋《らせん》を描いている。その形状を、百合子ちゃんは気に入ったようだ。

「遠足のマイクみたい」

と言うのである。バス遠足のガイドさんが使うマイクのコードのようだと。コードの

電源差し込み部分を口に近づけ、

「えエー、みなさまァ、右手ェ、ごらんください。あちらに見えますのはァ、近江富士と、申しましてェ、俵藤太《たわらのとうた》がむかでを退治したとォー」

滋賀県中の子供がバス旅行のたびに聞かされる藤原秀郷《ふじわらのひでさと》が三上山の大むかでを退治したという伝説の、はじまりの部分をバスガイドさんの口調で真似する。

来訪者たちと私の四人は、その真似を二回はおもしろがったが、すぐにワゴンから離れ、応接間で、向かい合うソファを跳んで反対側に移れるかやってみたり、テラスに出て犬のクロをなでたり、また屋内にもどって『小学三年生』付録の「パーマン絵描き歌」★のソノシートを聞いたりした。

――――透明なぺらぺらのソノシートや中央に穴のあいたドーナッツ盤を、広辞苑ほどのタテヨコ高さの蓄音機で再生して「音楽鑑賞」するのがあたりまえだった時代である。ぺらぺらのソノシートの、一般的なサイズよりも小さな直径の盤が、雑誌付録や玩具購買時の景品にされることがよくあった。――――

「パーマン絵描き歌」を聞きながら、めいめい鉛筆を持って食堂のテーブルにすわり、新聞広告チラシの裏にパーマンを描いてみたが、うまく描けなかった。そのようすをバスガイドさんのように手で指しながら、

★「パーマン絵描き歌」＝古田喜昭作曲の「パーマンのえかきうた」とは別のもの

「なんとォ、申しましょうかぁー。なんとォ、申しましょうかぁー」

百合子ちゃんはまだ延長コードのマイクを持ったままなのだった。

そして、ゴールデンウィークが明けてしばらくした休み時間に、

「百合子、けいこ、がよかった」

と言い始めた。

けいこ、という名前だったらよかったのにと言うのである。

「見て。どれがええと思う?」

百合子ちゃんは下敷きを見せてきた。

――このころは百円均一ショップはなく、ノートは小学生にはだいじな物であった。プラスチックの下敷きに2B鉛筆で絵や字を書いて、用がすんだら消しゴムで消して、ホワイトボード代わりにしていた。――

圭子、恵子、啓子、桂子。「けいこ」の字はどれがよいかと問う。

「百合子、これがええと思うんやけど、どうかな」

百合子ちゃんのゆびは「桂子」という、私が初めて見る「けいこ」の漢字を指している。

「芥川龍之介の奥さんの名前なんやて」

――お母さんが「アララギ」派の同人誌を購読していた百合子ちゃんは、小学校のころから文学に造詣が深かった。だが、芥川龍之介とその三男の芥川也寸志を家系で混同し、芥川也寸志と黛敏郎を職業で混同し、黛敏郎の妻で松竹歌劇団出身の女優の桂木

洋子の姓と名前を混同していることに、小三時点では、百合子ちゃんも、私も、気づかなかった。――――

「小池桂子なあ」

私は百合子ちゃんの下敷きに2B鉛筆でフルネームを書いてみた。

「小池百合子のほうがええやんか」

「ううん。けいこがええ。明《めい》ちゃんが教えてくれた人みたいに」

「私が教えた人？　だれ？」

「忘れた」

「だれやろ？」

「『なかよし』に出てはった人」

「すみれちゃんとこで見せてもろたんとちがう？」

――広木先生担任の期間だけ、なぜかきちんと月はじめに２００円もらえたので、１８０円の月刊漫画誌と、お釣りの20円でたこ焼きが買えた。毎月1日か2日に、『りぼん』の新刊号を持って、田んぼの畦道を抜けて出る（そのあたりでは）広い道に面した井狩医院に行き、井狩すみれちゃんと貸し合いっこをして『なかよし』を読んでいた。――――

「その人、百合子、知らん」

すみれちゃんは一学年上である。

「明《めい》ちゃんとこで読んだ。ワゴン見せてもらいに行った日に」

「ほな、すみれちゃんに借りて、持って帰って来てたんかな」

「漫画のとこちがうで。字のとこ。そやけど漫画のとこ」

「漫画？　なかよしに載ったった漫画？」

「ちがう。テレビの漫画」

「テレビの漫画？　パーマンと違《ち》ごて？」

「えーとな……かみなりの子の漫画」

「ああ、ピッカリ・ビーか」

なんのことを、だれのことを言っているのか、これでわかった。TVで放送がはじまったアニメーション『かみなり坊や　ピッカリ・ビー』の、主役のビーちゃんの声をしている少女が『なかよし』で紹介されていたのだ。〈ピッカリ・ビーちゃんは小学4年生〉といったような大きな見出しの文字が、千秋ちあきという子役の写真にかぶさるように出ていた。

「そやった。ちあきちあき」

「せんしゅうちあき、やろ？」

「なんや。せんしゅうて、読むのか。それはようないわ。あの人かて、ちあきちあきやったらよかったのにて思《お》もてはるわ。百合子は、もしピッカリの声をすることになったら、小池桂子ていう芸名にする」

小池桂子。こいけけいこ。上から読んでも、こいけけいこ、下から読んでも、こいけけいこ、なのがよいのだと言われて初めて、私は百合子ちゃんが名前を「けいこ」にしたい理由を悟った。言われるまで、小池けいこ、にしたがる理由がわかっていなかった。

百合子ちゃんは、私やほかのクラスメイトが気づかないことによく気づき、知らないことや人物や本をたくさん知っていた。

広木先生が担任だったのは三年と六年である。虎北小の他の二教諭に不意の事情が、たまたま重なって生じたために学年を飛んでの不規則な担任となった。三年の三学期に学級文集を出すことになり、クラスでいちばん勉強のよくできる児童が『親友』という題の作文を書いた。やがて六年の卒業文集には『恩師』という題で〈ぼくは、いやなことや困ったことにぶつかると、こんなとき、広木先生ならなんとおっしゃるだろうかと、まず考えます。〉と書く児童である。彼が学級文集に発表した『親友』は、〈ぼくの親友は高田くんだ。〉という書き出しだった。広木先生は、できあがったガリ版刷りの学級文集を手に、

「たいへん上手な書き出しです。一行目から読む人の注意をひきつけます」

と彼の文章のうまさを褒めてからつづけた。

「みんなもこれから上の学年に進んで、それからまた中学校にも進んで、どんどん大人になっていくけど、社会に出ても親友がいるような人になるんやで」

と。「親友」ということばは、クラス三十六人の児童に静かにしみわたった、ように

私には思われた。自分にしみいったからだ。

しみいったその日、鍵を開けて家に入ると、応接間の飾りとして父親が買った新潮社の世界文学全集が全巻ずらりと並ぶ重厚な、キャスターは付いていないガラス戸付の棚の、下方に一段だけ設けられた引出しを開けて、なにかいいものはないかと探した。わが家を訪った客人がくれたり、海外からの手紙に同封されていたりした、ちょっとした小さなすてきなものが、整理されることなく、「とりあえず」放り込まれているのが、この引出しだった。

ここにシールが二枚あるのを見つけた。記念切手の大きさだが、切手ではない。金額を示すような数字は表記されていないし、裏面に乾燥糊も塗られていない。が、外国便の手紙に貼られた切手によく描かれているような、落ち着いたタッチで鳥の絵が描かれている。

(これにしよう)

私はシールを一枚ずつ、ピンクのハナ紙に包み、ランドセルにしまった。そして翌日、ハナ紙でラッピングした二つを持ち、うち一つを百合子ちゃんにわたした。

「なにこれ?」

百合子ちゃんはラッピングをあけて、鳥のシールをてのひらに載せて訊いた。

「これを一つずつ持って、親友にならへん?」

私が言うと、百合子ちゃんは、

「へー。ええで」

と言った。

「親友」というものが、鍵や印鑑のように形があって、お辞儀だとか十字を切るだとかいった何かの動作で、入手できるのだと、(おそらく二人とも)思っていた。

それでも、同じ中学に行き、同じ虎高に行き、還暦を過ぎ、シェアハウスでルイボスティーを飲んでいる現在も、滋賀と東京で離れているのに、小池百合子ちゃんにはずっと仲良くしてもらっているのである。

百合子ちゃんにたのしいことがあったら私はたのしいし、百合子ちゃんがかなしいと私もかなしい。百合子ちゃんには幸せでいてほしい。いつも百合子ちゃんは幸せであってほしい。

小学校のころの話をすると、百合子ちゃんは「嘘やろ？　わたしが何もおぼえてへんと思《お》もて、話を作ってるんやろ？」と不審そうな顔をするが。

＊＊＊

百合子ちゃんは奥浩《おくひろし》くんのことを、中学時代は「女子とちゃんと会話というものができる男子」だと評価し、虎高時代になると「在原業平《ありわらのなりひら》みたいな顔」と論評していた。

この論評に、ロマンスの心情があるのかどうか、あるとしてその多寡はどうなのか、私は尋ねたことはない。このジャンルの心情や出来事にはいっさいノータッチで、百合子ちゃんと私は半世紀にわたり親交をつづけているのである。が、奥浩くんについての論評における在原業平という固有名詞についてだけなら、深い意味はなかった（と思う）。在原業平と、たとえば参議等《さんぎひとし》と藤原道信朝臣《ふじわらのみちのぶあそん》の顔の区別が、私はつけられないし、おそらく百合子ちゃんもつけておらず、ただ、平安時代の公家のような顔立ちという意味で、公家の中では高校生に有名な名前を出したに過ぎないと思うのである。

そういう顔立ちの奥浩くんについて、激しい質問を私にしてきた同級生がいた。

浅田美代子。

ＴＶドラマ『時間ですよ』でデビューしたタレントと同姓同名の同級生である。

同姓同名だが、顔も骨格も佇まいもまったく似ていない。タレントの浅田美代子は小柄で目鼻が小造りでスローモーな佇まいだが、同級生のほうは、目立つほどの大柄ではないが、背は高めで、ぱっちりした目、スピーディな佇まいだった。

百合子ちゃんのように長い交流はない。同じ組になったのは一年だけである。たんぽぽ組。五歳のころに牧師館から通っていた私立保育園のたんぽぽ組でいっしょだった。

浅田美代子ちゃん。

フルネームで呼ばれていた。つねに。ほかに浅田姓の園児はだれもいないにもかかわらず。

つねにフルネームで呼ばれる女児はもう一人いた。その女児にせよ、浅田美代子ちゃんにせよ、教室でお遊戯をするときにも、滑り台をすべるときにも、女児が多人数でなにかをする中心にいて、「あさだみよこちゃん」は名前というより、そういう存在を指す語と化していた。

五歳のある早朝。

私は保育園の遊戯室の壁ぎわで、床に尻をおろして足を揉んでいた。薪《まき》をくべるストーブにはまだ火が入っておらず、室《へや》全体が寒く、手足が冷たかったのだ。

登園している園児はまだ私を入れて三人だけで、二人の男児が遊戯室の中央で、大きな積み木を出して基地ごっこをしていた。女児はまだだれも登園していなかった。そこに浅田美代子ちゃんたちが来た。

「あんた、なにしてるのん？」

頭の上から声がした。声のほうを見上げると、そこに浅田美代子ちゃんの顔があったので緊張した。話すのは初めてだ。浅田美代子ちゃんの右と左には、やはり私が話したことがない女児が二人ずついた。

「足を温《ぬ》くとめてたん」

答えると、浅田美代子ちゃんは、ふうんという顔をして、着ていたスカイブルーのカーディガンのポケットに手を入れ、遊戯室中央へ顔の向きを変えた。

「おい、それはここへ積も」

積み木を積む位置を指示したのは、奥浩ちゃんだ。

「よし」

床をすべらせるように大きな積み木を押してゆくもう一人の男児。

この二人は、男児版の浅田美代子ちゃんである。この二男児も、つねにフルネームで呼ばれている。

「なあ」

浅田美代子ちゃんは左右の女児に声をかけた。

「なあ」

日ごろ、なんの接触のない私にも。

そして五人の女児は、浅田美代子ちゃんから質問をされた。

「たんぽぽ組でいちばん強い男はだれや？」

と。今でもはっきりおぼえている。「男の子」と言わなかった。「男」と言った。

「奥浩ちゃんと……」

もう一人の「男」の名前をフルネームで浅田美代子ちゃんは挙げ、

「どっちが強い？」

と質問した。

左右の女児は即答した。奥浩ちゃん２。もう一人の男児２。私は緊張した。私の答えで「強い男」が決まるのである。浅田美代子ちゃんが待っている。「あんたは？」と。

「おく……」

蚊の鳴くような声で、私は奥浩ちゃんに一票を投じた。もう一人の男児には、奥浩ちゃんと比較すると一抹《いちまつ》の暗さがあったからである。その雰囲気を言語化する能力は、たんぽぽ組の時点ではまだなかったが。

私が投票するやいなや、浅田美代子ちゃんはスキップして遊戯室中央に行った。

「なにしてるのーん」

積み木で基地ごっこをしているのは一目瞭然なのに、一番強い男に彼女はそう質問した。

中学で再会した二人の「強い男」は、しかし、二人ともやや変化していた。

二人のうち一人は京都の私立高校に進んだので、奥浩くんについては中高一貫で変化を見ている。彼は中学でやや変化し、その「やや」は高校で、もうすこし増えた。

中学でも高校でも、よって変化は幽《かす》かである。

奥浩くん自体の性質は変化していないのだ。背も高めのままだったし、中学では運動部でも高校ではやめてしまう男子も多い中、彼は中高通してバレーボールをつづけたし、学業成績もとくに問題はなかった。ただ共学の学校生活の中で、立ち位置が徐々に変化した。端的に言えば「いちばん強」くなくなった。

浅田美代子ちゃんとは、高校時代に平和堂でたまに会うことがあった。

虎高とちがって特徴のない制服から二、三の校名を思いついたが、たんぽぽ組のときにしゃべった以外に交流がなかったので、確かめもしないまま、会釈ともいえないほどの会釈をしていた。

それがあるとき、きつねうどんの丼に向けた私の頭の上から、

「私も食べようかな」

と声をかけてきた。

上を向くと、彼女がいたので、

「あ、浅田美代子ちゃん」

と私は言った。「あ」は緊張でどもったのではなく、軽い挨拶の「あ」だが、私には変わらずフルネームの存在だった。

「私も食べようかな」

繰り返してから、私の右隣にいた他校の女子が、空になった丼とトレーを持って席をたつと、その椅子に浅田美代子ちゃんは鞄を載せた。

「横で食べてもええ？」

と訊かれた。

「もちろん」

右にだれか来てほしいと思っていたところだったので快諾した。浅田美代子ちゃんは、だが、うどんではなくメロンソーダを買ってきて右隣にすわった。

夕方の平和堂のフードコートでは、虎高にかぎらず高校生が大勢ものを食べている。私の左隣にも、他校の運動部らしき男子二人と虎高のアメリカンフットボール部の三人が輪になって大盛りのきつねうどんを食べていた。私が食べているテーブルに、どかど

か連れ立って五人ですわってきたのだ。移動したかったが、食べかけの丼を持って移動するのは露骨に避けるようで、せめて椅子を離したかったが、フードコートの椅子は鉄柱で床に固定されていて動かせないので、彼らに顔を見せたくない私は不自然に半身を、さっきまでいた知らない他校の女子生徒のほうに向け、箸を右から左に持ちかえて使っていた。

「この時間はここ、混んでるんやね」

混む夕方に、前にもたまに会っているというのに、浅田美代子ちゃんは私に言った。

「ここ、よう来るの？」

前にも食べているところで会っているというのに、浅田美代子ちゃんは私に言う。

「虎高の制服はシュッとしてていいね」

前にも互いに制服を着て会っているというのに、浅田美代子ちゃんは私に言い、それから私を飛び越して、大盛りきつねうどんを食べているのが一目瞭然の男子団の一人に質問した。

「なにしてるのーん？」

＊＊＊

質問する浅田美代子ちゃんを、思わず私は「やめときいな」と袖を引いて制しそうに

なった。が、

「きつねの大盛りや。一口喰うか？」

と、西川克之くんが、彼女のほうを向いてうどんを割り箸で掬《すく》ってみせたので、はさまれた私は席を代わった。

代わって、残りあとすこしだったきつねうどんを急いで食べ、飛び退くようにフードコートから出た。

出て、二階にあるトイレの手洗いで、口を濯《すす》ぎながら私が思ったことは、

（浅田美代子ちゃんは合格なんや）

だった。

アメリカンフットボール部の西川克之くんは、有名な男子だった。

もうすこし詳しく述べるなら、それなりに有名な男子だった。

さらに詳しく述べるなら、中条くんのように全学年に有名ではなかった。中条くんのように、保健室であることをしていても、スポーツ推薦ではなく立命館大学にさっさと行ける成績ではなく、学校以外の日常生活で100字以上の長文は、この世に生を享《う》けていらい（おそらく、高校を卒業後も未来永劫）読んだことのない、といって数Ⅲや物理地学生物化学のⅡにも関心のない、ピンク・フロイドもT・Rexの名前も聞いたことのない、少年漫画も読まない、でも数学の試験の第一問にあるようなスピードが要の式を解くのはまあまあ得意な、でも容貌としては、中条くんよりぐっと整った目鼻

口の造作で、とくに鼻が高く、痩せ型で、脚の長い男子で、「スナフキンみたいな雰囲気」だと、スナフキンというのが何者かを知る女子たちからうっとりされ、しかし、スナフキンを知らないような女子を「選ぶ」タイプの男子だった。今からすれば。

そして、今からすれば、彼をして「スナフキンみたいな雰囲気」とする評価には、フィンランド政府を通じて日本政府経由で県立の虎高に厳重抗議が来てもおかしくなかったのだが、当時の私は、西川克之くんへの「スナフキンみたい」という評価に対して、とくに異論はなかった。虎高ではじめて顔と名前を知り、同じクラスになることもなかったので、校内でちらと見かけるくらいしか接点がなく、似ている似ていないは措き、「スナフキンみたいやて言われてはる人やろ」くらいの同意であったが。

にもかかわらず、「アメリカンフットボール部の西川克之くん」という認識があったのは、彼はやはり、わが学年ではそれなりに有名な男子だったのである。西川くんとよく行動をともにしている、同部の二人の男子も。

浅田美代子ちゃんは合格なんや、と私が思ったのは、テントの一件があったからだ。平和堂で浅田美代子ちゃんと会った日より一ト月ほど前に、私はグラウンドに張ったテントにいた。

体育祭での、校長教頭や来賓が休憩するためのテントである。そこには体育の先生がかける号令や生徒会長からのアナウンス、創作ダンスに使う音楽をかけるための音響機器が設置される。そうした設置は放送部がする。

講堂の演壇から教卓をテントの下に運び込み、見てくれがよくなるよう白い布で四方を囲み、マイクを置く。そのそばにコーバイでパンを売るのに使われているような細長い机を運び込み、アンプを置く。マイクやスピーカーとアンプをジャックコードでつないだり、音響機器からの電源コードを延長させたりする作業をしていて、たりない部品や物を、ほかの部員が講堂に取りに行った。

それらがなくてもできるところまでを、私は白い布で囲まれた教卓の下にもぐり、つなごうとしていた。そこに西川くんら三人のアメリカンフットボール部の男子が来たのが白布の隙間から見えた。グラウンドでは何チームかが創作ダンスの練習をしていた。テントの下に並べられた折り畳み椅子がカシカシと音をたてたので、三人がすわったことが教卓の下でわかった。

「あの真ん中のやつ。赤い服着て踊っとるやつ、あれ×××やろ。××のカノジョやていうやつやろ」

西川くんが言った。ブラスバンド部の×××さんも、水泳部の××くんも、私とは中学がちがったし、虎高でも同じクラスになったことがなかったので、話したことはなかったが顔と名前は一致した。

「あの女、ブスやなあ。あの出っ歯。それにガニ股や。××て、中学のとき一番やったやつやぞ。体育もできて、女に人気あったのに、なんであんなブスをカノジョにしとんのや。笑えるわ」

西川くんが笑い、ほかの二人も笑い、教卓の下で私は泣きそうになって、縮こまった。今出て行けない。

「それに、すぐ後ろの列の、あの、今、足上げよった女、×とかいう女もなんや、あの顔。死にかけのサルみたいな顔しとるやんけ」

西川くんの酷評に、ほかの二人は爆笑した。

そこに、部品を取りに行ってもどってきたハッちゃんと副部長の声がし、チャカチャカと折り畳み椅子の座面が軽くなる音がし、布の隙間から三人がグラウンドのほうに行くのが見えたので、私は教卓の下から出られた。

容貌に対する容赦のない非難誹謗は、男女ともにする。しかし、他人のいる場所で、声に出してするのは圧倒的に男で、さらに、相手に直接その非難誹謗をぶつけるのは男だけがする行為だと言っても過言ではない。容赦なき弾丸を浴びる可能性が、共学ではつねにある。

＊＊＊

女子は女子校に通うほうが、傷つきやすい青春期に、この弾丸を浴びずにすみ、自己肯定力が増して、自分に与えられた才能をのばせる可能性が高いかもしれないよ……と、進路についてアドバイスする機会は、私にはなかった。子供もなく、甥姪《おいめい》もなく、教職にも就かなかった私には。

ブラスバンド部の×××さんも、彼女の後ろの列で足をあげた×さんも、断じて酷評されるような容貌ではなかった。重信房子が美人であるなら、二人とも美人だった。二人をあそこまで酷評する西川くんなら、私など「あんな顔とスタイルでよう自殺しよらへんな」と蔑まれて嗤《わら》われるのだろうと、あの日は、夜中に泣いたものだ。

しかし、年収に対する容赦のない非難誹謗を、他人のいる場所で、声に出してするのは圧倒的に女で、相手に直接その非難誹謗をぶつけるのは女だけがする行為だと言っても過言ではないから、西川くんが後年どこでどういう暮らしをするようになったかは知らないが、この容赦なき弾丸を浴びせられた可能性がないとはいえない。奇しき帳尻合わせが人生にはあったりする。

ルイボスティーを飲み終わった私は、ラジコのニュースを聞いたあと、ネットニュースを見た。主要記事の欄外に、多人数から非難されている東出昌大《まさひろ》の名があった。

東出昌大。

苗字から、もしや滋賀県出身なのかと気になってスマホでケンサクしてみた。滋賀県愛知《えち》郡に東出という村があり、東出という苗字は、このエリアにゆかりがあると、以前に聞いたことがあったからだ。が、モデル出身の俳優、東出昌大は埼玉県出身だとウィキペディアにはあった。

東出昌大という名前の先生が虎高にいた。

東出昌大先生に、私は習ったことはない。

音楽の先生だったのだ。

当時の普通科高校の教育課程では、芸術科目として「音楽・美術・書道」から一科目を選択することになっていた。

私は高一時より三年まで美術選択だったので、音楽担当の東出昌大先生には習ったことがない。

一学年下に、先生の長男がいたから、私が虎高に通っていたころは四十過ぎの年齢だったのだろう。顔も骨格も、婚外恋愛を非難されている俳優とはまったく似ていない。俳優からあえて似ている人を選ぶなら藤木悠《ゆう》だろうか。

小柄な先生だった。

大きな鞄で通勤していた。楽譜やレコードを入れていたのだろう。

大きな車で通勤していた。

トヨタ・ランドクルーザー40型という車なのだと、三年時に同じクラスになった、車に詳しい生徒が教えてくれた。たいていの公立学校の先生が軽自動車やスクーターで通勤していたので、東出昌大先生の車は、虎高の敷地に停めてあると目立った。

歯が脂《やに》色だった。缶ピースを愛煙していたためである。

わかばを映画館で吸っているのを町の青少年風紀パトロールのようなことをしている住人に見つかって謹慎処分になった男子生徒の家を、大きな車で指導訪問して、生徒の父兄（と当時は呼んだ親御さん）から、「ま、どうぞ」とセブンスターを差し出されたときも、「いや、わたしはこれで」と、大きな鞄から紺色のラベルの巻かれた缶ピースを取り出し吸っていたそうだ。

虎高は校則はないに等しい学校だった。

女子制服のスカート丈やパーマや色付リップクリームについて、とやかく言われることはなかった。そもそも、とやかく言われるような丈やパーマやリップクリームの女子生徒はいなかった。まっすぐの硬い髪質にゆるくパーマをかけると三つ編みや地味な一つ結びなどがしやすくなり、むしろパーマをかけている女子のほうが「いわゆる高校生らしい髪形」になっていた。

バイク通学も黙認されていた。ほんとうは禁止だったが、虎高学区のようなところでは、丸電を利用するにも不便な、丸電バスも本数の少ない、自転車には勾配のきつい、バイク通学するしかないような地域に住む生徒もいたからだ。学校の敷地内にバイクを停めておくわけにはいかないから、そういう生徒たちは平和堂の駐車輪場にとめて、平和堂から徒歩で登校していた。同じ学校に通うわけだから、朝の同じような時間に、同じような交差点で信号が赤になり、バイク通勤の先生とバイク通学の生徒が横並びになることもよくあった。「へへへ。おはようございます、××先生」「うん。おはよう、××くん」。ほんとうは禁止なので、やりとりをする師弟は、あ・うんの呼吸で照れた朝の挨拶を交わしていた。

喫煙もしかり。飲酒もしかり。在所ごとの祭りは、むかしから大事な行事であり、男子はかぞえ15歳で成人とされ、神輿《みこし》をかつぎ、酒を飲む。とくに虎高学区のような田舎町でなくとも、全国的に飲酒運転にさえのんきだった昭和50年代には、体育祭でも文化祭でも祭りと名のつく行事のときに未成年が飲酒するのは大目に見る風潮だった。その延長のように喫煙したとしても。

映画館で喫煙していた男子というのは、六時間目がカットになり、ゆるい気分で『男はつらいよ』を見に行ったのである。虎高学区には映画館はただ一つしかなく、『男はつらいよ』がかかるのは特別上映期間だ。「特別」ではない期間は成人映画がかかるだけである。「繁華街をぶらぶらして、お茶を飲んだり、映画を見たり、ゲームしてみたり」というような行動は、都会に住む高校生だけができる行動だ。件の男子は途中から見た『男はつらいよ』のすじがわからず、一度、ロビーに出て、次の回を待つあいだに、隣り合わせた、話し相手がいつもほしいおじいちゃんが勧めてきたわかばを、祭りのときに在所の年寄りから勧められて吸うように吸った。そこをボランティアの風紀パトロール員に目撃された。

校外からクレームが来たのでは、虎高側は処罰しないわけにはいかず、「三日間、家にいてくれんか」と教頭ほか数人の先生は男子生徒を自宅謹慎処分にした。彼の担任だった東出昌大先生は、謹慎中の指導として家庭訪問したのである。

男子生徒の家は、大きな祭りをするような在所にある、古い大きな家であった。男子生徒とその両親祖父母と姉、両親の弟家族も同居してもまだ広々としているような。

「ようにまあ、先生様が来てくれはった」と生徒の祖父母は大歓迎し、広い木造家屋の座敷に東出昌大先生を通すと、最高級の近江牛ですき焼きをふるまった。古関裕而《こせきゆうじ》作曲のメロディーがBGMで流れそうな、大家族と学校の先生で囲むすき焼き。

＊＊＊

「もう謹慎終わって、来《こ》んかてええのに、そのあと何回でも東出先生《せんせ》、うちに来《き》はってな。おいしいおいしいて、そらうれしそうに肉食べてはったで」

と、後年に同窓会で、その男子生徒は語ってくれた。

名前を今井龍と、学校ではいった。今井龍はペンネームならぬ、スクールネームだ。本名は今井伝右衛門である。

長男は代々、伝右衛門という名を継ぐことになっている旧家の男子で、虎高一年時には一年一組だった。

一組で、男子で、いまい、だ。五十音順で学年の一番だ。入学式で校長先生は、祝辞を渡すために、全校生徒の前で大きな声で彼を呼んだ。

「新入生代表、でんえもんッ」

虎高体育館は爆笑にわいた。

青春のハートにはとてもいやなできごとだったのだろう。

しばらくして全校生徒に配布された生徒名簿には、一年一組の欄のトップに、今井龍と記されていた。父兄欄は伝右衛門だった。

今井くんは『男はつらいよ』をひとりで見に行ったわけではない。ほかに三人の男子生徒がいた。三人とも、制服のズボンをボンタンに仕立てなおして白いエナメルのベルトをしめて、髪をリーゼントにしていた。そのファッションが、風紀パトロール員には不良に見えたのだろうが、不良というのは、学校で怖がられるものである。「ちょっと、黒板消しをはたいてきてて、さっきから言《ゆ》うてるやろ。早《は》よ、外出て、はたいてきてぇな」と、女子生徒に怒鳴られ、黒板消しはたき棒で頭を小突かれたりしない。今井くんのグループは、女子からもっともよく怒鳴られたり小突かれたりしていた。様式美不良だった。

〈暢緩儘遊〉

県立虎水高校の校訓は何だったかおぼえていない。もとから知らない。先生も口にしなかった。

全校生徒が感じていた気分を、たいがいの校訓のように漢字四文字にするなら、〈暢緩儘遊〉である。のんきで規則が緩く、生徒は自由気儘に遊んでいられた。

中間試験と期末試験の後に、ドッジボール大会か映画鑑賞会か、好きなほうを選んで参加できた。

映画鑑賞会は、今井くんが『男はつらいよ』を見に行った駅前の映画館を、試験後の一日のみ貸し切りでおこなう。ロードショー公開期間の過ぎた映画から、視聴覚委員が生徒のアンケートなどを参考に選んで上映する。

一学期の中間試験後のみ、バス遠足があった。

各クラスで日帰りできる遠足のプランをたてて出かける。二年生時のみ三泊四日の修学旅行で遠出する。

梅雨どきに虎水ジャンボリーがあった。

一九六九年の全共闘時代に開催された中津川フォークジャンボリーに行きたかったのであろう生徒の発案で、その年にスタートした。本家が開催されていた三回までは、校内のあちこちにある渡り廊下で、ギターを片手に反戦フォークを歌う生徒のグループがいたと聞くが、本家が開催されなくなってからは娯楽路線に規模縮小。梅雨時期の全校朝礼で校長先生の話や各委員会からの報告のあとに、有志者による手品・漫才・落語などを体育館ステージで披露する。私の在校中は、野球部員の漫才、ESS部員の英語まじり落語、それに美術の先生の手品にとくに人気があった。まるめた新聞紙に水を入れて消す手品だけしかしなかったが、ずっと三年間大喝采を博していた。

初秋に体育祭。

運動を競う本来の目的はほとんど消えていた。全学年でグラウンドで盛大に遊ぶイベントと化していた。各学年タテ割で1から7までのチームを組み、各チームはさらに、応援・創作仮装ダンス制作・焚き出しと裁縫の班に分かれ、夏休み中から当日まで各チーム一丸となって準備にかかる。応援は三三七拍子やフレーフレーの謡曲調。ダンスは、各チームが選曲とふりつけを練りに練ったヒップホップ調ジャズダンス調の創作ダンス。これが体育祭の最大の目玉イベントだった。チーム・スタンド席のバックには、20畳もあろうかという大きなカンバスを作り、そこに絵を描いたり、立体美術をこしらえたりもした。

　体育祭準備期間中は裁縫室と調理室が開放されるので、焚き出しの班は練習中のおにぎりと味噌汁を作り、裁縫の班は創作ダンス用の仮装衣装を手縫いする。素材は安価なサラシ、着色は水彩絵の具、デザインも生徒のオリジナルだった。

　平日は部活、土日祝日は体育祭準備。二学期が始まれば体育祭までは、授業はすべて四十分に短縮され、放課後に体育祭準備時間ができる。体育祭準備をして、さらにまた各自部活へ走った。

　晩秋に文化祭。

　体育館のステージにゲストを招いたり、ブラスバンド部、音楽部、有志者が音楽演奏をしたりする。が、目玉は、一般来場者相手の模擬店やお化け屋敷の営業。

　私の在校時代は、人気ＴＶ番組★『パンチＤＥデート』をもじった『虎高ＤＥデート喫茶』が集客力を誇った。両者合意ならハート形にライトが点灯したり、カップル成立したらライトが点灯したりするように生徒たちが工夫して配線した。

たのしいイベントが目白押しで、生徒は年間を通してずっとのんきに気儘に遊べた。のびのびと遊んだ。数社理は年次によってちがったが、国語は現代古典漢文ともにずっと角川書店の教科書だった。映画『犬神家の一族』の大ヒットは、他の教科書がどれも堅苦しいものでしかない中、角川という版元名だけで国語の教科書に一毫《いちごう》のポップムードを与えた。ただし三年時のみ古典は京都書房の『注解演習・源氏物語』という『源氏物語』のハイライトシーン集のような読本を教科書にして一年を通して源氏を読んだ。作品ゆかりの地を古典の先生と同好の生徒たちで訪ねたりして雅びやかにたのしかったが、大学受験に大いに役立ったかといえばどうであろうか。すくなくとも私は受験勉強など「しけ単」と、ごくたまに電波の悪いザーザー音の『ラジオ講座』を聞いてみるくらいしかしたことがなかった。

〈暢緩儘遊〉の校風により、高校入試時における虎高とハマ高の偏差値差は小差（アクセス事情でやむなく虎高に来てくれた生徒のおかげで）であるのに、三年後に生徒らが進学する大学の偏差値は、ハマ高には大差で下回るというみごとな変容をとげるのだった。

★『パンチDEデート』＝視聴者参加型のTV番組。桂三枝と西川きよしの司会のもと、男女一名ずつが見合いをする

7　桜とサンノナナ、いないといる

ルイボスティーを飲んだグラスを洗うと、生徒名簿をしまっていた棚の下段に吊るしたままだったコートをはおってシェアハウスから出た。

（あそこに行ってみよう）

運動不足解消にウォーキングをしていたら、日用品を買いに行くサミットストアとは反対の方向に、公園のような遊歩道のような一角があるのを、ついこのあいだ知ったのだ。

三月二十八日の街路には、マスクをして散歩やジョギングをする人がけっこういる。どこでもマスクが品切れなので、私もハンカチを折ってキッチンペーパーを挟んで作ったマスクをかけている。

（いつまで、こういうふうなんだろう……）

先々が心配になり、いつもマスクをかけていた御者みたいな化学の先生を思い出す。私のクラスを担任した翌年には退職されたのか異動されたのか、虎高では見かけなくなったが、彼のマスクは私にとっては置き土産だった。

風邪をひいてマスクをすると安堵感をおぼえることに、小学生のころから気づいていた私に、彼は気づかせてくれた。風邪をひいていなくても、なにかに託《かこ》つけてマスクをするという便法のあることを。

今からすれば彼も軽度の醜形恐怖症だったのだろう。彼と恋仲になったという女子高校生は、彼のそうした疵《きず》が彼の人柄をかたちづくっていることに打たれたのではないだろうか。彼が気づかせてくれた手を拝借しつつ、「自分が自分を見るほど人は自分を見てやしない」という真実で長く自分を宥《なだ》めつづけてきた。が、今でもマスクをしていると安堵できてしまうのは正直な気持ちである。

目指す一角は、ハウスから速歩で二十分あまりのところにある。生地目のつまったハンカチなので息苦しくなる。ときどき外して、歩いていった。

一角には二組がいた。若い男女の一組は、マスクをかけなおした私と入れ違いに去り、距離をとるために彼らが去るのを待っていたのか、もう一組の三人連れが桜の木の真下に移った。

この一角の桜は、満開だった。

「わあ、すごいね、おばあちゃん」

マスクをして、車椅子の祖母をふり返ったのは孫であろう。祖母は顔つきも声もしっかりしており、両足にギプスが巻かれているところから、何か外科的な事情で車椅子を使っているようである。

ソーシャル・ディスタンスを保つべく、私は彼らから離れて、小さなベンチにすわった。聞こえてきた断片的な会話から、三人は、大学入学が決まったばかりの孫と、祖母が入居している施設のヘルパーさんらしい女性である。三人に私の注意が向いたのは、孫が私と同じ大学に入るからだ。

「もりもりに咲いてるね」

マスクをした孫は、二人をふり返り、また桜を見上げた。

風も弱く、おだやかな陽気の今日、ソメイヨシノのふくらんだ花をみっしりつけた枝が奢《おご》っている。

「ほんとねえ。よかったねえ、今日、出てみて」

「大学の庭もね、咲いてたよ」

新大学生は桜の木の下で両腕を斜め後ろにひろげて息を吸い、吐く。

「これから、いっぱいいいことがあるんだなあ」

聞くなり、私は眼鏡をずりあげて、季節外れのウールコートの袖を目に当てた。

聞くなり、両目から涙があふれたのである。

袖で目を拭いて開けると、孫と祖母が、ヘルパーさんにティッシュを渡していた。

「どうしたの？　花粉症？」

孫に訊かれたヘルパーさんは、しかし、

「同じようなことを、わたしもむかしに……」

嗄《か》れた声はつづかず、ティッシュを目と鼻に当てたまま、かぶりをふるだけだ。

車椅子から祖母はヘルパーさんに、

「わかりますよ」

白いドライバー手袋をした両手をのばした。

「鎌倉街道のほうも、きっと満開なんでしょうね。行ってみたいけど、この足じゃあ、だめだわ。もうあと何回、見られるかわからないのに」

こんどは祖母が顔を覆った。小さく肩がふるえている。ヘルパーさんは斜めがけにしていた小バッグからタオルを出して、祖母に渡す。

「どうしたの？　なんでよ」

孫はおろおろしている。

彼女は若い。

「なんだっていうの、二人とも。コロナで憂鬱になったの？　なんで急に泣くの？」

青春の只中にある彼女は、満開の桜の下、これから訪れる時間に、喜びだけを予想している。

〈きみにはわからない、きみの年齢では〉。ミッシェル・ポルナレフの大ヒット曲にこのフレーズがある。『休日』という原題は、日本では『愛の休日』とされ、ハイトーンの歌声と静かな旋律で、恋愛ソングのように売られたが、生者にしのびよる死の影を惟《おも》う名曲で、これを本人の声で、私は京都会館で聞いた。

東出昌大先生は、私にとって本当に恩師だ。

東出昌大先生のおかげで、聞けたのである。

＊＊＊

深夜。

うれしいニュースが、虎高二年の私の耳に届いた。近畿放送ラジオから。

「ミッシェル・ポルナレフ、衝撃の再来日★。前売り券はお早めに」

声優、来宮良子《きのみやりょうこ》の低音にはエコーがかかり、震えたような声になっている。

（行けるわけがない）

ニュースに飛び上がったものの、直後に私は思った。

家の人に許可されるわけがない。そもそも、「行きたい」と言えない。行きたいという意思表示ができない。

（買えない）

音楽演奏のチケットなどという文化的なものを売っているところがない。田舎では買えない。都会の、プレイガイドという、都会にしかない販売所に行かないと買えない。

★再来日＝実際は三回目だが、「またの来日」の意でこのように告知したもよう

——創刊3年目の雑誌『ぴあ』も首都圏版しかまだなかった。インターネット、スマホはもちろんなかった。東京ドームもなかった。——

（お金は……）

井狩医院のすみれちゃんに小学校のときにもらったストレプトマイシンの缶を開けてみた。780円の小銭。こづかいシステムのない家で、これでも、お釣りを貯めに貯めて、ようやく作った「私が自由になる金銭」だ。

（どうしたら……）

わからない。でも、どうしても行きたい。『ア・トーキョー』は厚生年金会館での録音だった。はるか東京はとても無理だが、京都会館なら。

（とにかく買わんと）

対策はあとだ。まずはチケットを入手せねばならない。

私は翌日の夕方に駅で待ち伏せをすることにした。

×××ちゃんか××くんか。中学の同級生が、改札を出てくるのを待つ。×××ちゃんは宮古女子学園高校に、××くんは大堂高校特進コースに通っている。

——京都の私立高校に通うという行為について、令和の大都市に住む若者はもちろん、令和の滋賀に住む若者も、大学受験のことを考えての行為だととらえるだろうが、昭和50年の滋賀の虎高学区の住民には、ちょっとちがった。（そのへんの田舎臭い家とは）ちょっとちがう、経済的にもセンスとしても余裕のある家の子だけができた行為だった。――

(来て、来て、どっちか来て)

駅で私は両手を組んでお祈りをして焦《じ》れた。×××ちゃんは社交的で、××くんは洋楽に詳しい。

――くりかえすがスマホはないのである。メールやラインで「今日、駅でちょっと会えない?」などというメッセージは送れないのである。賭けて待つしかないのである。

――

(あ、)

知る顔が改札を抜けた。大堂高校のほうだ。彼は名を寺井《てらい》征史《せいし》くんといい、たんぽぽ組のときに浅田美代子ちゃんから「どっち」かと二者択一を迫られた、奥浩くんと並ぶ「強い男」だった男子なのだが、たんぽぽ組時代の私が奥浩くんのほうに一票を投じた理由となった「一抹の暗さ」が、中学ではソメイヨシノのように満開となり、サッカー部なところは、たんぽぽ組時代のままなのだが、村山槐多《かいた》と中原中也の詩集を読む文学少年の面を、一部の女子生徒だけには全開していて、その一部の女子に私もまじっていたので、中学時代には映画や本の話を、彼とはよくしていた。

「テラセ」

寺井征史という名前の短縮をニックネームにされていた。つねにフルネームだった立ち位置に在ったころのなごりか。私はかけよった。

「京都会館のやつ、買《こ》うて。京都会館。お金貸して。ぜったいなんとか返すさかい」
とにかく早くチケットを入手せねばなくなってしまう。ステージに近い席からなくなってしまう。気が急いていた私は、いきなり頼んだ。

「乾、ちょっと、落ち着いて説明してくれる？」

「一抹の暗さ」を開花させたテラセは、一抹ではない困惑を顔に浮かべ、駅構内の、古い木製のベンチに先にすわり、私もすわるように促す。

「あんな、あんな……」

狭い心をミッシェル・ポルナレフでぜんぶ占められていたそのときの私は、彼にチケット購入と代金立て替えを、熱意熱意熱意で頼んだ。

「わかった」

テラセは承諾してくれた。そして、ベンチの背もたれに頭を乗せ、はーとため息をついて、木造駅の天井を見つめた。

「わかったさかい、俺の愚痴も聞いてくれる？」

「いくらでも聞く。なんや？ブリット・エクランドの水着写真か？」

――別学が長かった人には、このときの私の発言は、時代後れな外連《けれん》のように思われるかもしれないが、青春真っ只中に在った私は、男子というのは、スリーサイズ98・58・98の金髪の女の水着写真、できればヌード写真が欲しくて欲しくてたまらないものなのだと、そういう生物が別名「男子」なのだと（自分を基準に）信じて信じきっていた。そして、そうした生物である男子の、「カッコつけを取り払った、正直な本懐」を、「ええて、ええて、ようわかってるて」と、相手に恥ずかしさを感じさせることなく、理解を示せる、話のわかる女子という立ち位置をゲットできているという、ひたすら自己満足によって私は、自分が容貌に優れないために男子から異性視されていない女子である事実を直視しないですんでいた。台風の目の話をしてくれた相沢三平と、実はまったく同じだったのである。――――

「ブリット・エクランドて……。虎高にはあれがエエていう男がぎょうさんおんの？」

「そらいるやろ。あたりまえやんか」

「ふーん。……。共学はええな。俺も虎高に行ったらよかった。大堂なんかな、教室が黒いんやで。みんな黒い制服でカタマリになって、黒い黒いんやで。あー、うっとうしいわ」

テラセははーとため息をつき、それでも、翌日、京都会館でのポルナレフのチケットを二枚買って来てくれた。

「俺はぜったい行かへんで。こんな、ヘンな眼鏡の、サクレクール寺院でうろちょろしてた弱そうな奴のどこがええねん。あとで金は返してもらうさかいな、乾」

テラセはポルナレフに悪態をついていたが、

「うんうん」

チケットをゲットしたからには、右から左に聞き流し、厚紙に珊瑚《さんご》色がかった二色刷りでポルナレフの顔が印刷されたそれをわくわくして見つめ、次に立ちはだかる問題をいかに乗り越えるかを考えていた。

＊

二枚。

チケットは二枚買った。

二枚あったほうが、解決の道が広がると思ったのだ。

次なる問題は、家の人にどう切り出すかである。

「友だちとコンサートに行く」などという理由は、理由にならない。わが家では絶対に通用しない。通用しないどころか、父親が取り乱し、家内炎上のごとくの体《てい》となりかねない。「友だち」という語句に、父親は取り乱すのだ。

――どういう友だちか。苗字はなんというのか。何町にすんでいるのか。父母の名前は。父母の職業は。祖父母の職業は。宗教は。支持政党は。等々、取り乱して詰問してくるのである。

すべてに答えても、市役所で住民票をとってきて、私が嘘を言っていないかウラをとり、嘘でないことがわかっても、結局、「だめだ」という結論になる。牧師館から実父母である彼らと三人で同居して以来、ずっとそうだ。彼の「友だち」ということばに対する過剰反応の原因は不明である。旧帝国陸軍士官の父親にとり、シベリア抑留下にしみついた猜疑心と過酷が、「友だち」ということばを憎悪させたのかもしれない。

しかし、平和で安全な、戦後の高度成長期をぬくぬくと育ち、全学連と連合赤軍の区別もあやふやな、人糞肥の畑と田んぼにかこまれた高二の、このときの私にとっては、ミッシェル・ポルナレフが来る京都会館に行くことが、世界でいちばん重要なことだった。――

（なんとかしないと）

あと二週間。あと一週間。京都会館にポルナレフが来る日が迫る。どうしたらいいのだろう。焦れて急いて、私は思いついた。

（そや。学校に結びつけたらええにゃ）

わが家では「友だち」という一語がトラブルの元になるが、「学校」という一語はトラブル回避の呪文となる。

多くの場合、「友だち」は「学校」にいたり、「学校」で「友だち」ができるように思うのだが、父親には、両者の概念はまったく別のところにあった。

――今からすれば、彼は神経がどこか本当におかしかったのだと思う。そして、そうした神経の動きはおかしいと指摘できないばかりでなく、おかしいと思いもしなかった母親も、どこかおかしかったのだと思う。――

（どうやって学校と結びつけたら……）

御者先生の負のオーラが漂う教室を出て、私は廊下をうつむいて歩いていった。

コーバイに行く。

パンは買わない。公演当日の京都会館までの電車賃を工面しなくてはならないから、「しばらくお昼ごはんをパンにしたい」と申し出たのだ。これは単純で子供らしい理由なので家の人に通る。とくに朝に申し出ると、家の人は勤めに出ようとしているあわただしいときなので、通りやすい。朝に200円をもらう。もらっておいて家の人が勤めに出かけてから弁当を作る。こちらもぎりぎりまで寝ているので、時間はほとんどない。ぞんざいに作る。炊飯器に残ったごはんをタッパウェアにつめて、冷蔵庫の手前にあるものを横に入れるだけだ。ごはんだけをつめて、丸美屋の「のりたま」をそのまま鞄に入れて、教室でふりかけて食べたりする日もよくあった。

この日はサランラップにごはんと「えびすめ」の塩昆布をぞんざいに載せて、それをぎゅっとにぎっておにぎりにしてきたものを、もぐもぐ食べた。

そばで音楽部の鷺沢さんが、カレで同じ音楽部の小日向くんと、楽譜を広げて見ていた。

『交響曲・怪談』という題が見えた。怪談。だれの交響曲だろう。彼らの横からのぞきこんだ。〈作曲・東出昌大〉とある。

「これ、東出先生が作らはったん?」

「うん、そや。こないだ草津のホールでコンサートもしはったんやで」

鷺沢さんから教えられ、ひらめいた。

これだ！　東出昌大先生だ。

東出先生に結びつけてもらおう。交響曲を作曲なさるような音楽の先生なのだ。「ミッシェル・ポルナレフはパリ音楽院卒でソルフェージュで優勝もしていて、もともとクラシックの人なのです。東出先生ならきっと御興味があるのではないでしょうか。高校生のこれからの音楽教育のために一度コンサートに行かれないでしょうか」とかなんとか言って、東出先生に京都会館に同行してもらえばいい。それなら「学校のことで行く」ことになるではないか。

「鷺沢さん、かんにんやけど、東出先生に私を紹介して。私、美術選択やさかい、東出先生に習《な》ろたことないいん。あんな……」

目下の事情を説明すると、音楽部カップルはそろって私を音楽準備室まで連れて行ってくれた。先に二人で準備室に入ってから、

「先生《せんせ》が入《はい》ってて、言うてはる」

ドアからそろって顔を出した。

「美術選択の乾明子です。実は……」

音楽部カップルについて廊下を歩いているあいだじゅうシミュレーションした科白を、私は東出昌大先生に言った。躊躇いはなかった。京都会館に行きたい。京都会館で彼に会いたい。その思いしかなかった。

「ほう、ミッシェル・ポルナレフか。実はわたしも、かねてより関心を抱いていた。ぜ

ひいっしょに行きましょう」

東出先生から家の人に、クラシック音楽の進化の考察としてのコンサートを、音楽選択者ではない生徒に見てもらいたい、というような電話をしてもらい、こうして、私は、動いて歌ってピアノを弾いてしゃべるポルナレフを見ることができ、握手までしてもらえた。

学校の先生が同行するクラ、シ、ッ、ク、系の音楽鑑賞なのだから、家の人は代金をくれた。しかも東出先生にトヨタ・ランドクルーザー40型で行き帰りを送ってもらったので、京都会館までの往復の電車賃をストレプトマイシンの缶に貯金することができた。

＊

昭和51年。春休みも終わりかける日曜。

制服を着て、私は大きな茶封筒を、家の人に見せた。

「学校へ行ってくる」

制服。茶封筒。学校。家の人からスムーズに外出許可が出た。

茶封筒には新聞のチラシが数枚入っているだけだ。家の人にぱっと「学校の用事」だとイメージさせるために持っただけの茶封筒である。「ちょっと散歩してくる」という理由はわが家では通用しないのである。

虎高の門は、正門も西門も、いつも開いている。敷地を囲む金属や石の塀もない。並ぶ伊吹が塀代わりになっている箇所もあるが、木と木のあいだは大人二人がゆうに抜けられる間隔だ。旧制中学時代から、付近に住むお母さんやお祖母さんが小さな子供を連れて公園代わりに散歩したりしていることもある。

ミルクを一刷毛《はけ》したような春の青空だ。風もない。西門から入り、三年棟のあるほうへ、ぶらぶら、のびをしながら歩いて行き、野球部が練習しているグラウンド手前を、渡り廊下のほうへ曲がる。

（もうクラス分け表が貼られたるんかな）

渡り廊下を三年棟のほうへ進み、鉄のドアのノブをためしに回してみると、鍵はかかっていない。重いドアをこちらに引くと、床専用クリーニング剤のバナナに似たにおいがした。虎高は校舎内も靴のままなので、ここから入った。ドアが開いていたからには、先生でも生徒でも、だれかとすれちがうかと思っていたのだが、屋内はしんとしている。

まず3の1の教室に行くと、生徒名がずらずら印刷された、はしっこにパンチ穴のあいた薄い用紙が、出入り口の脇に貼ってあった。

3の1には自分の名前はなかったので3の2に行った。なかった。3の3にもなかったので、西階段を二階にあがった。3の4、5、6にもなかった。二階のつきあたりは図書室で、図書室脇に東階段がある。東階段の手前が3の7。ここにあった。

パンチ穴用紙には黒ボールペンで手書きで担任の先生の名前が書かれていた。東出昌大。

「あちゃー」

しんとした廊下に、自分の声が響いた。

――恩ある東出先生が担任でよかったと安堵するべき状況である。あちゃー、などという反応は不適切である。

京都会館への往路ではむろん、握手をしてもらった復路となると、煎《い》られる豆のごとく昂奮していたものだから、そのようなところを見られた人間が担任の先生になった、ということが恥ずかしかったのだ。それだけの、ガチョウの羽根ほどの軽い恥ずかしさにも、自意識の針をびゅんびゅん揺らせてしまうのが青春の重い恥ずかしさである。

――

東出昌大先生担任の3の7の紙には52人の生徒の名前が印刷されていた。

3の7が芸術クラスだった。

今までにはなかった新しい分類のクラスである。

虎高では三年時に希望進路別のクラス分けになるが、理系クラスと文系クラスと文理クラスの三種類のみだった。しかし、「音大や美大や、書道の学部のある大学に進みたい生徒もいるのではないか。大きな街とちがい、このあたりには斯界権威者のレッスンを受けられる塾や研究所がなにもない。せめて音楽と美術と書道の授業が多いクラスを設けてみてはどうか」と音楽の先生つまり東出先生と、手品の上手な美術の先生と、書道の先生が三人で発案して、試験的に今年度から「芸術クラス」なるものが設けられたのだった。

――――公立高校なので、芸術クラスでも数Ⅲは必須科目だったから、芸術系大学受験に特化していたとはとうてい言えない。――――

私は新設の芸術クラスを選択していた。美術に自信があったからではない。消極的選択だ。

広木先生が絵と粘土を褒めてくれたので、すべての事項・行動について家ではいっさい褒められない私は気をよくして、図工や美術が一番好きな科目になり、中学時代はずっと「武蔵野美大に行けば家から出られる」と思っていた。散髪をしに行った店で繰った雑誌のレコード寸評のページで『哀しみの終るとき』を褒めていた評者のプロフィールに、ジュウシマツとメジロを飼っている、地元小平市の武蔵野美術大学卒とあり、浅知恵でそう思っていた。

まさに浅知恵だったことを虎高で知った。美術を選択した生徒ばかりの中では、自分に美術の才能がとくにあるわけでもないことがわかったが、三年棟をぶらぶらしていたこの日のあと過ごすことになる芸術クラスでは、「とくにあるわけでもない」ではなく「ない」と気づき、がっかりした。自分には何の取り柄もないのだなと。

3の7の紙に印刷された生徒名の先頭は、今井龍。

(リーゼントの、ボンタンの)

すぐに名前と顔が一致した。ほかの生徒もだいたい一致した。

インターハイ八〇〇メートルで滋賀代表になったので話題になった男子。「いちばんかわいい」ので有名な女子。ジョン・デンバーのような眼鏡とヘアスタイルで有名な男子。旺文社全国学力テストで二十位になったので話題になった女子。カラテをしているわけでも鍛えているわけでもないのに（それなのに）顔がブルース・リーに似ている（のがオカシイ）と有名な男子。虎高ジャンボリーで手品をする先生の紹介や水を運ぶアシスタント役を英語でしたので有名なESSの女子。東出先生の車がトヨタ・ランドクルーザー40型だと教えてくれた、車博士の異名をとる男子。水泳部のため塩素で髪がオレンジ色に光っているのが目立つ女子。

（へえ）

学年で（牧歌的スケールで）有名な生徒が、ずらずら並んでいた。

（若旦那も、か）

高校生にして二児のパパに見える風貌から、若旦那と呼ばれている造り酒屋の跡取り息子。

（たまごめんも、か）

ハウス「たまごめん」のパッケージのイラストに似ていると、女子からも男子からも先生からも人気がある明朗な女子。

（あ、百合子ちゃんともまたいっしょや）

百合子ちゃんは小学校のころから絵が上手なので、芸術クラスにいるのは当然だ。

（あれ）

つつと視線を下げ、一人の女子名に目をとめた。

（この人、わからへん）

竹久洋子。

（どんな人やったかな）

学年には三七〇人ほどもいるのだから、当然、二年生までにまったく接点のなかった生徒もいる。さすれば、パンチ穴用紙に並ぶ名前のほとんどが顔と一致した3の7というクラスのほうがめずらしいのである。

ガタと教室の中で音がした。だれもいないと思い込んでいたのでビクッとすると引き戸がガラと開いた。

出てきたのは、私を東出先生に紹介してくれた音楽部の小日向くん、とわかると同時に、3の7の教室から離れた西階段のほうから、

「ごめーん。遅《お》そなってー。何組やったー？」

という声がした。声のほうを見ると、音楽部の鷺沢さんだった。カレとカノジョは待ち合わせをしていたようだ。

「しっけい」

戦前の小説に出てくる東京の山の手の男性のような挨拶をして、小日向くんは、鷺沢さんのほうへシュシューッと早歩きしていった。

腕時計を見ると11時35分だった。

＊＊＊

今からすれば、虎高の芸術クラスは、『英単語連想記憶術』くらい「芸術クラス」と呼ぶには苦しかった。

約三七〇人で七クラスとなれば一クラスは五十二人ほどであるが、悠長で保守的な（換言すればウィスパーで排他的な）学区には、いくら自由な校風の虎高といえども、学年に五十二人も芸術系大学進学を希望する生徒がいるはずがないのである。

そこで、芸術系大学進学希望者に加えて、幼稚園の先生を希望する者と、体育で入試を乗り切りたい者と、さらに加えて一般的な私立大学の理系希望者もまとめて「芸術クラス」に入れることにしたようだ。

「大学進学者が全国的に少数だった時代に作られた文部省からの指示」のもとにある日本全国の公立高校はかつて、令和の現在よりもっと自校のカリキュラムを自由に組めなかった。そのため各県の公立高校というのは、一番成績のよい生徒が行く高校が一校あり、二番手が二、三校あり、三番手が三、四校あり……といったふうに単純に立っていた。

上からの指示が、実際の現状に合わせて変わると、各県の公立高校は貪婪《どんらん》ともいえるほどに、自校のカリキュラムを大学入試に特化し直した。公立高校は学習塾化し、かつての単純に立っていたぶん、それぞれの学校にあった雰囲気、つまり各校の校風は、すっかり消滅してしまった。

消滅を嘆き、かつての校風を恋《こ》うことが、過ぎ去ったものへのセンチメンタルなノスタルジーだとしたら、では、すべての人にとって、青春とはこの感情で成っているのである。

カリキュラムづくりが不自由だったあの時代に、虎高の「芸術クラス」は、今からすればよく設けてくれたと思う。

芸術クラスの3の7に入れられた生徒は、具体的に言えば、京都市立芸術大学、大阪音楽大学、佛教大学書道教科、距離的に数は少なかったが東京芸術大学、武蔵野美術大学を第一志望とする芸術系進学希望者に加え、京都教育大学体育学科、滋賀県内や近県の公立短期大学の幼児教育科を第一志望とする者に加えて、近県の一般的な私立大学理系を第一志望とする者である。

京大・阪大工学部、京都工芸繊維大学。私立なら関西学院大理学部なり、距離的に数は少なかったが東京理科大なりを第一志望とする生徒のための、いわゆる理系クラスはちゃんと設けられていた。理系希望者を理系クラス数で分けると、数的に分けきれないアマリも出る。それが3の7に入れられた。

結果、音大美大に行きたいような生徒と、体育大好きで体育の先生になりたい生徒と、幼稚園の先生になってお嫁さんになってと思っているような生徒と、私立理系に行こうと思っている生徒がごちゃまぜになった芸術クラス。

石立《いしだて》鉄男主演のTVドラマ『雑居時代』が人気を博してからそうたっていないころで、3の7の生徒は、自分たちのクラスのことを「雑居時代」と呼んでいた。

ほかのクラスの生徒たちは、そうは呼ばなかった。3の7の生徒たちは選択科目によってホームルームを出て行くし、でも歯抜け状態のそこで理系授業も行われているし、休み時間にもクラスでたむろせず、皆がいつもてんで勝手に行動するので、長いあだなをつけていた。

〈滋賀県立虎水高校堀越学園芸能コース〉

クラスにあだながつくような3の7だった。

＊＊＊

「起立」

短軀ながら敏捷な東出昌大先生が3の7の教室に入ってくると、当番が号令をかける。

52人のうち51人が立ち上がる。ティーンらしくだらだらと。

「礼」

51人は、これまたティーンらしくしまりなく腰を折り、

「着席」

ゴトゴトとすわる。欠席者はいない。

一人だけが、起立もせず礼もせず、うつむいたままだ。

廊下側から三列目。窓側からも三列目。教壇のど真ん前の席の生徒が。

東出先生は真ん前のうつむいたままの生徒をちらと見るが、

「おはよう」

と、みなに言ったあとは、すぐに連絡事項を早口で伝え、

「じゃ、つづきを」

と教壇から下りた。東出先生は音楽担当だが、声楽は専門外なのか缶ピース愛煙のために歯にヤニが付着し、声も煙草焼けしている。口数はきわめて少ない。ポルナレフ公演後の感想も「ピアノの弾き方が実に軽妙」のひとことだった。

つづき、というのは自己紹介のつづきである。廊下側の座席列から毎朝二、三人ずつ教壇に立って自己紹介をしていくことになっていた。

廊下側列先頭は小日向くんで「好きな音は嬰《えい》ト短調です」。名門京都市立芸術大学を目指す作曲家志望。芸術クラスが設けられた生徒例の典型。

次のたまごめんは「好きな音は箒で畳を掃く音です」。仲のよい家族に養われた明朗な性格でありながら、ややもするとそういう人にありがちな無神経なところがなく、気づかい細やかな人柄。

二人とも短い自己紹介に本人の個性が俳句のように凝縮されていた。その次だった私は自分の紹介を考える隙《ひま》がなく、「二人の自己紹介はすごく上手で感心しました」になってしまった。

翌日からの自己紹介も、さくさく流れていった。みなそれぞれに、濃縮めんつゆを小匙一杯、薄めずそのままのような奇抜な自己紹介でありながら、だれの発言も軋《きし》まなかった。ほかのクラスでは、どういう意味かと問われるかもしれない自己紹介も、3の7の教室では、たんになるほどと、サーサー流れた。

そんな自己紹介のつづきは、廊下側から三列目、窓側からも三列目、教壇の真ん前の席の生徒である。さっき一人だけ「起立・礼」をしなかった生徒である。入学式以来、ずっとしない。

他のクラスなら、事件とまではいかずとも、波風がたったかもしれない。だが3の7では、あの席の人は起立礼をしない人、という認識だけで流れてしまっている。

「じゃ、つづきを」

東出先生は真ん前の生徒の机に、両腕をのばして両手をつき、やや腰をかがめて言った。

竹久洋子。

起立礼しない人の名前は、すでにみな知っている。

コトと椅子を引く音がして、竹久洋子さんは立ち上がり、教壇に進んだ。授業中に問題をあてられれば、ほかの生徒のように立って答えているのだから、みな、彼女が立ったりしゃべるところを見聞きしたことがないというわけではない。

セーラーカラーの肩にちょうど届くくらいの長さの、毛量の多い髪である。前髪も後ろにといて、黒っぽい幅広のヘアバンドを巻いている。

竹久さんは教壇の教卓に向かうと、

「わたしは、ようこという名前が嫌いです。自分の名前を、ようこ、と読みまちがえる人ばかりだからです」

まっすぐにみなを見た。

「えっ、竹久さん、ようこ、とちがうの？」

水泳部の、塩素で髪がオレンジ色になった女子が、着席のまま、訊いた。

大きな声だった。授業中のぽそぽそとした声とはちがう。

「ちがうわ」

「わたしの名前は、ひろこです。ようこではありません」

竹久洋子さんの自己紹介は終わった。

――連合赤軍の永田洋子もよく、竹久さんと同じように自己紹介したという。このことはもっとあとになって世に知られることなので、この日の竹久さんは永田洋子のことは頭になかっただろう。――

私も名前をまず、あきこと読まれるので、自分の名前の読み方をテーマにした点において、竹久さんに一目を置いた。そして、ひろこをようこと読まれるから、ようこという名前が嫌いだという境地に至る点に斬新さを感じた。私にもっとも欠けているものを持っている。あきこと読んだ人に、いつ、どう訂正するか迷ったことしかなかった自分のおどおどした姿勢と正反対に、ようこと読まれるからようこという名前は嫌いだという方向にすぱーんと胸を張って進んでいるのだ。すごい。

＊

同日。昼休み。

私は弁当を二人で向かい合って食べていた。左マドンナ女子と。

めずらしいことだった。バドミントン部の彼女は、昼休みにはたいていバドミントン部の部室に行くからだ。

——左マドンナ女子というのは、左翼思想の女性議員候補者という意味ではない。在原業平や参議等や藤原道信朝臣の時代には、左大臣・右大臣というポストがあったのにたとえた。学校でも会社でも町内会でも、集団には「いちばんかわいい」という存在が出現する。「いちばん美しい」と形容されないのは、「美しい」という形容詞がシリアスで口に出すのが日本男性には恥ずかしいのと、「かわいい」という形容詞は、発するほうの心情の核をいかようにもごまかせる利便性があるからであるが、こうした「いちばんかわいい」女性を、「マドンナ」と一語にするなら、集団である共学校には、ぜったいに出現する。えてして学年に二人いて、次点に一人いる。左マドンナ、右マドンナ、大納言マドンナ。――

して、わが学年の左マドンナ女子はペパーミント・パティのプリントされた大きなナプキンで小さな弁当箱を包んでいた。私も同じナプキンで大きな弁当箱を包んでいた。

「へえ、この絵の女の子は、ペパーミント・パティていうんや。ほな、この男の子は？」

　左マドンナは毛布を持ったライナスをゆび指す。

――ピーナッツ漫画のファンというのではなく、スヌーピー関連グッズが今人気だから選ぶ。その我（が）の強くなさを備えているからマドンナになれるのである。3の6の××さんのように、3の4の××さんのように、エリノア・パーカー級の整った顔をしていたとしても、「おもしろい」という彼女たちの我（が）が、彼女たちをマドンナにはしない。

　男子には、それぞれに夢の女がいる。自分の夢を託すのに、相手女の我（が）が少なければ少ないほど託せる。夢の収納スペースが広い女子しかマドンナになれない。黄を夢見る男子には黄色に、赤を夢見る男子には赤に、緑を夢見る男子には緑に、夢見る側の都合に合わせた色に見えてくれるには、我（が）は限りなく透明に近くないとならない。――

「明子《めいこ》ちゃん、玉子焼き、ひとつよばれてくれる？　わたし、もう残すさかい」

左マドンナは、ダイエットのためではなく、生来の小食で、私のほうに弁当箱を寄せた。

「ほんま、ありがとう」

遠慮なく私は、玉子焼きを口に入れた。

向かい合って食べているわれわれの前の席は竹久洋子さんだ。

いっしょに食べへんかと声をかけたのだが、昼休みあけ五時間目の古典の下調べをすると断られた。教科書とノートを広げた上に弁当箱を置き、古語辞典をひきながら、うつむいて食べている。

「なあ明子ちゃん、あれ、音楽部の人とちがう？」

左マドンナが、教壇側出入り口のほうを見る。鷺沢さんが立っている。きっと小日向くんに用があるのだろう。

私は腕を上げて手首をふって教室の中に招くアクションをした。鷺沢さんは、他クラスの教室に入るさいにはだれもがするように、ためらいがちにわれわれのそばまでやってきた。

「小日向くんは、今いはらへん」

「うん」

「小日向くんに、なにか伝えとく？」

「そやなあ……」

「なにか渡しとく?」

私は鞄からルーズリーフバインダーを出し、リーフ一枚とシャープペンシルを鷺沢さんに渡した。

「ありがとう」

鷺沢さんは教卓でルーズリーフにペンを走らせ、書き終わるとおみくじのように折って私に渡した。

「これ、お願いできる?」

「わかった。渡しとくわ」

私はおみくじ折りのルーズリーフをスカートのポケットに入れた。

「ほな」

鷺沢さんは3の7を出て行った。

出て行く鷺沢さんの後ろすがたを、古語辞典とノートから頭を離した竹久さんが追っていた。たっぷりと量のある、軽い天然パーマの、漆黒の髪である。

*

同日。夕方。

てーんてーんてれつくてれこちゃん、というTVからの歌に重なって電話が鳴った。

「はい。乾です」

テレ子ちゃんの天気予報が放映されるころは家の人がいないのと、かかってくる電話はそのことを知っている同じ年頃の知人からであることが多いので、私は気軽に電話をとった。

「竹久洋子です」

電話を通すと竹久さんの声は教室で聞くより高かった。竹久さんは、他クラスの男子生徒の名前をあげた。テニス部の男子だった。

「乾さん、しゃべることある?」

これで用件ジャンルもすぐにわかった。

これまでにも二、三度、ほぼ同じ切り出しの電話を受けたことがある。「乾さん、テラセと今でもしゃべることある?」、「乾の家、井狩医院の近くやけど、井狩すみれさんとしゃべることとある?」等々。

こうした切り出しは、「勉強」「男子女子」「レコード」の三種類の用件ジャンルのうち、まちがいなく「男子女子」だ。

「うーん、あんまりない。ほとんどない」

以前に同様の電話をしてきた同級生の第一声には肯定的に答えたが、竹久さんには否定的に答えた。

以前の電話の相手の好意を、テラセやすみれちゃんに伝える役は容易そうだったが、竹久さんの好意を伝える役は難儀そうだったからだ。

「なんで？　乾さんの住所やったら、同じ中学やったやろ？」

「同じやったけど……」

「去年の生徒名簿を調べたら、去年なんか同じクラスやんか」

「そやったかいな……。去年はな、担任が御者《ぎよしや》みたいな人で、もり下がってたさかい、去年のクラスは印象がなんや薄《う》すうて……」

そういえば、去年からつづいて今年もいっしょになった造り酒屋の若旦那がテニス部で、「あいつ、ものすご女子に人気がある」と言っていた。

「一回もない？　しゃべったこと一回もない？」

「そら一回もないことはないけど……」

若旦那とはしゃべる。今朝、竹久さんの自己紹介について「俺も今の今までようこやと思《お》もてた」との感想を、後ろの席から伝えてきたのだ。竹久さんは何部なのだろうというところから部活の話になり、今電話で竹久さんから訊かれている男子の話になったのだ。

それによると、その彼は男版マドンナらしい。マフラーだとかコートだとか鞄だとか、いちいち京都の河原町に買いに行くのだそうだ。たしかに、中学時代からなにやらスイなものを身につけている人だったが、そこがどうも、男版マドンナでも、左大臣右大臣マドンナとはちがって、大納言、いや中納言マドンナで、私には意外だった。中納言が竹久さんのセンサーにひっかかっているのが。

「乾さんはあの人のこと、どう思う？」

「そやなあ……」

私は中納言のすがたを頭に描く。

「トーテムポールに似てる」

テニスコートで日焼けした水分の少ない髪質と肌質が、トーテムポールの材質を想起させる。京都の有名店で買っているという有名メーカーのコートやソックスやマフラーを身に纏《まと》った、そのカラフルな色合いもトーテムポールに似ている。

われわれの二学年上の男子生徒数人が「学校は指定の冬コートのほかに、すでに私服コートを持っているものはそれを着てきてよいことにしろ」というデモをして屋上からビラを撒いた。山本義隆の腰を抜かせてしまいそうな甘い抗議かもしれないが、甘いゆえに先生も、はいはい、よしよし、と思ったのか虎高の校風もあって要求は通ってしまい、だからテニス部中納言もおしゃれに精を出してトーテムポールになれるのである。

「トーテムポールに似てる？」

竹久さんの口調が、たいへん強まった。

「ぜんぜん似てはらへんわ」

さらに強まった。

「中村雅俊に似てはるんや」

竹久さんは断言した。

「伝えてほしいことあるねん」

そうか、昼休みに私が鷺沢さんに、小日向くんのことで気を利かしたのを見込んで、この人は電話してくれたのだ。

「今言うてもろて、それを、そのまま、そのとおりに伝えるだけやったら……」

「ほな、言うさかい、メモして」

「ちょっと待って」

電話機のそばに常置されたボールペンをとり、メモ用紙を前に私はかまえた。

「どうぞ」

「もっと人の気持ちを考えて」

「えーと、もっと気持ちを考えて、と」

「ちがう。もっと人の気持ちを考えて、や」

私はボールペンで「人の」を「気持ち」の前に挿入した。

「考えて、……それから？」

「それだけ」

「これだけでええの？」

「……」

しばらく竹久さんはだまっていた。

「それだけでええわ。わたしからやて言わんといて。ある人から伝言やて言うて。ほな」

竹久さんは電話を切った。

私も受話器を置いた。

すぐにまたかかってきた。

「やっぱり、さっきの変えるわ」

竹久さんが言うので、私はまたボールペンをとった。

「人の気持ちを考える人になって、にして」

〈もっと人の気持ちを考えて〉を〈もっと人の気持ちを考える人になって〉にする訂正だった。

「書いた？」

「うん……」

電話を切った。切ってから、この伝言をする自分を想像してみた。廊下などでテニスの中納言を呼び止める。「なんや」と中納言は立ち止まる。「ある人からの伝言です。もっと人の気持ちを考える人になって」。

「……」

生徒名簿を繰り、私は竹久さんに電話した。

「乾です。あの、さっきの伝言やけど、伝言できるようなタイミングが、もしあったら伝えるというんでええ？」

「わかった」

ずいぶんのあいだ沈黙したあとに竹久さんは言い、電話を切った。

＊

翌日、竹久さんはいつものように朝の「起立・礼」をしなかった。その翌日も。さらに翌日。

東出先生がステージ中央に出てくる演者のように敏捷に教室に入ってきた。白のYシャツに、ボタンのある苔《こけ》色のVネックの機械編み薄手カーディガン。

「起立」

当番の号令。みなは立つ。竹久さんのみ立たない。

「起立」

東出先生は教室に入ってきたときと同じ表情で、出席簿を竹久さんの机の上にのせ、当番より大きな声で、自ら号令をかけた。竹久さんは立たない。

「起立」

東出先生は同じ表情で、声のボリュームを上げた。

竹久さんはうつむいている。

東出先生は同じ表情で、苔色と白の胸部を、鞴《ふいご》で空気を入れたようにぶうんと膨らませ、

「き、り――――っ」

缶ピース愛煙の喉の、どこにこんな声量を隠していたのかというくらいの重量感で朗々と歌いあげた。「起立」にふしがついていた。第九・合唱部バリトン独唱の歌い出し「オ、フロ――イデ」の部分。

竹久さんは、立った。

「礼」

東出先生は入ってきたときと同じ表情で、自分で号令をかけ、欠席者の有無を確認し、連絡事項をつたえ、敏捷な短躯をひるがえして、さっさと教室を出て行った。

＊

翌日から竹久さんは「起立・礼」をみなと立ってするようになった。

もともと授業中にあてられたら立って答えていたし、教壇で自己紹介もしたし、いわゆる「反抗的な生徒」というタイプではなく、バス遠足も、欠席するでなく、ちゃんと来た。

大学入試を控えた三年時でも虎高ではバス遠足に行く。交通会社のバス遠足プランからクラスごとに好きなものを選ぶ。他のクラスが、大原三千院や嵯峨野を選んだのに、3の7だけが大阪エキスポランドを選んだので、他クラスから「堀越学園芸能コースは高3にもなって遊園地か」と言われながら、目的地が京都ではなく大阪なため、まっさきに校門を出発した。

　平日のエキスポランドはすいていた。ばらばらと園内に散り、コンクリートの地面をぱらぱらと歩いていると、

「ダラダラダラに乗らんとあかん」

　百合子ちゃんの、わざとの言い違えに、そばにいた私はじめ数人が大きな笑い声をあげた。

「そや、ダラダラダラダラに乗らんとあかん」

　水泳部のオレンジ色髪がジェットコースターの場所をさがす。ダラダラダラダラ、ダラダラダラダラと数人で何度も言いながら、言うたびに笑い、

「万博のときは、ジェットコースターにダイダラザウルスていう名前をつけたんはすごかっこええと思《お》もたもんやけどな」

と、カラテをしていないのに顔だけブルース・リーに似ているので（妙にオカシイと）有名な男子が、ブルース・リーの鋭い表情とは正反対の緩んだ表情で、鉄の恐竜を見上げるので、またみなで笑い、ダラダラとダラダラダラダラに乗り込んだ。

　それから園内を一周するモノレールに乗った。屋根のないゴンドラは四人がけで、百合子ちゃんと贋ブルース・リー、向かいに私とオレンジ髪がすわった。

　ガタゴトと山羊にひかれていくようなモノレールでわれわれがくつろいでいると、

「あれ」

オレンジ髪が下方をゆび指した。

「ようこ……やなかった、ひろこちゃんとちがう？」

指が向くほうを三人は見る。ひとりで歩いている虎高の制服を着た女子の頭のてっぺんが見えた。ガタゴトとゴンドラが悠長に移動して顔が見えた。竹久洋子さんだ。

「ほんまや、竹久さんや」

贋ブルース・リーは、百合子ちゃんのことは小池、私のことも乾、オレンジ髪のことも苗字を呼び捨てにするのに、彼女のことは「竹久さん」とさんをつけた。

「呼んでみよか」

私の提案も、なぜかささやき声になった。うん、呼んでみよ。そや、みんなで呼んでみよ。四人はコソコソ相談し、それからせえのでゴンドラから下方に向かって叫んだ。

「竹久さーん」

「起立・礼」をするようになった人は上を見た。四人は手をふった。竹久さんは、授業中に質問で挙手するようにシャと手をあげ、すぐに下ろして、またひとりで歩いていった。

その夜、ふしぎなことがあった。

エキスポランドからもどり、二階のベランダに干した洗濯物をとりこんでいると、いつもより早めに父親が、すぐにつづいて母親が帰宅した。洗濯を頼まれたとき、めんどうだったのでぜんぶいっしょに洗濯機に入れて洗ったら、母親の冬物セーターがきゅうきゅうに縮んでしまっていた。「ああ、また……」とベランダで私は覚悟した。注意力散漫だとか家事もろくにできないとか、いつものようにまたくどくど非難されると。

ところが縮んだセーターを見て、母親は「これはまたみごとに縮んだ」と笑い、「ねえ」と父親に見せた。必要のない話をわが家ではまずしないのに。セーターを見た父親まで「手品で子供服になったようだ」と笑った。

＊＊＊

（あれはなんだったのだろう）

車椅子の祖母と孫とヘルパーさんのいる一角の、小さなベンチで私はふしぎな気持ちにとらわれる。

父親は平成の初めに、母親は平成二十年代初めに他界したが、二人とも長患いであったので、生前にあの夜のセーターについて話すことはなかった。

だがあの夜の数十秒ゆえに、エキスポランドに行った日が鮮明に記憶されたのである。

今でも、あの夜の食堂は、美しい夢のような、ただ一度きりのできごとである。

エキスポランドで笑ってばかりいたふしぎな効果だったのだろうか。

今からすれば、エキスポランドに行ったあの日のバ、ス、へ、の、乗り込み方に、3の7の大きな特徴があった。

交通会社のバスが並んで待つ場所に着いた者から、順にバスに乗り込んでゆき、順にすわっただけなのだ。ほかのクラスの生徒は、いっしょにすわる相手とまずいっしょになってからバスに乗り込んだし、学校バスに乗るときというのはそうしたものなのに。バスに乗り込んでから、みな実に適当にすわった。車酔いしやすい生徒が車輪の上にあたる席を避けようとしたていどの選り好みはあったが。

後年に知り合った人に3の7の特徴を話すとき、「いっしょにトイレに行く人」が決まっていないクラスだった、と言ってきた。

「いっしょにトイレに行く人」「いっしょに更衣室に行く人」「いっしょに生物室に移動する人」のようなペア、コンビ。こうした、二人組になっていないといけないようなもの、が学校という所にはある。必ずしも、親友だとか友人ではない。LINEの返信が遅いと責める者・責められる者に近い二人組も多々いた。しかし、3の7というクラスでは、みなてんでにトイレに行き、てんでにバスに乗った。

どだいが虎高という学校自体、エキスポランドのようなところだった。その中でも3の7は毎日が休日登校のようだった。

東出先生の車種を私に教えてくれた、車のエンジンやデザインに詳しい男子が、夏の暑い日には、床にタオルケットを敷いて腹這いになったほうが数Ⅲの問題を解くのにひらめきがわくと数学の先生に申し出たところ、「ほな、おまはんだけ、そうしとれ」と許されてしまい、教室の後ろの床に家から持参のタオルケットを敷いて授業を受けていた。

小日向くんとたまごめんがした自己紹介のように、俳句のように簡潔に3の7を紹介するなら、夕方のスターバックスでばらばらに勉強しているようだった。ダイダラザウルスをダラダラダラダラとわざと言い違えることの、なにがそんなにおもしろかったのだろう。

あの日、快晴だった。新緑の季節だった。真っ青な空がゴンドラの上にあった。青い空に、高校生たちは何も感動していなかった。

美術を選択した私は、三年間の美術の授業を、手品の上手な先生に習った。芸術クラスの試験設置を提案してくれた一人である。

東出先生以上に寡黙な、ざんばら髪の、東出先生以上に顔の表情を変えない先生だった。毎年、虎高ジャンボリーで、笑顔の一つも見せず、だまってステージに上がると、新聞紙をとりだしてまるめ、水を入れて消す手品をしてくれた。全校生徒の大喝采を浴びても、地蔵のように顔の表情を変えないので、よけいに拍手が大きくなったものだ。

手品は一つだけをした。どうやってするのかと百合子ちゃんが授業中に訊いたが、「それは言えない」と言って教えてくれなかった。卒業後に、美術選択者数人で「ロバートブラウン」を手みやげに自宅を訪ねたときに、百合子ちゃんがまた訊いたが、「だめだ」と口は固かった。

手みやげをキリン・シーグラムのウィスキーにしたのは、虎高三年のころに〈グラスの底に顔があったっていいじゃないか〉と岡本太郎が言う、この酒のCMが放映されていたからである。買った人に岡本太郎デザインのグラスが当たると宣伝していた。美術授業での陶芸課題のおり、リーゼントでボンタンの今井龍くんは湯飲み茶碗を制作しようとしていた。

「湯飲みの底に顔があってもいいじゃないか」

と言って、まだ柔らかな粘土に、竹ペンでピースマークのようなものを描きながら、

「そやけど、あのウィスキーのコマーシャルに出とる奴、すこい（ずるい）な。あんなん、太陽の塔の真似や」

と言ったので、百合子ちゃんが返した。

「太陽の塔の真似て……。太陽の塔のデザインしはった人が、あの人やんか」

「なんや、そか、知らんかったわ」

二人のやりとりを聞いて、贋ブルース・リーと私はくくと堪えて笑ったが、手品先生は、あっはっはと大きな声で笑った。いつも無表情な手品先生が笑ったので、みな笑った。

今からすれば、こんなことのなにがそんなにおもしろかったのだろう。

＊＊＊

昭和51年。12月。

虎高をもう卒業するころである。

美術課題は墨絵だった。

和紙は高価なので、試作用の藁半紙が何枚か配られ、生徒はまずはそれに向かって、構図やテーマを思案していた。

墨絵だから、竹、梅、菊、といった静物をアップで描こうとする者が多かった。山や谷といった風景を描こうとする者もいた。私は湖畔の葦《あし》を描こうと練習していた。

朝から空は鉛色に重たく、ちらほら雪が降っていたが、次第にひどくなってきた。石油ストーブが低い音をたてる四時間目の美術室で、油絵の具の筆ではなく、書道に使うような和筆のタッチを自分の手に慣れさせるのに集中している。

手品先生は、六台の作業台の間を、ゆっくり歩いている。

静かである。

「先生、ちょっと」

竹久さんがいきなり呼びとめた。

テニス部の中納言はトーテムポールになど全然似ていないと言ったときのような、はっきりした声で。静かな美術室に、その声は響いた。

呼び止められて先生は立ち止まる。

竹久さんは藁半紙を先生に突き出して言った、というより、命じた。

「シャム猫かいて」

その命令に、美術室はさらに静かになった。先生含めてみな、呆気にとられたのだ。

「いきなりシャム猫をかけと言われても。難しい要求だ」

「いいやんか、描いて。練習や」

「おれが練習をするのか？」

東の東京芸大、西の京都芸大である。京都芸大卒の先生は、竹久さんの隣にすわり、和筆をにぎり、頭に猫のすがたを浮かべているのかしばらく目をつぶっていた。目を開けると、和筆を走らせた。何枚かを自らボツにして破った。

「よし、こんなものか」

何枚めかの藁半紙を竹久さんの前にずらした……のだが、竹久さんの顔は窓のほうを向いている。

「みんな、見て」

それまで3の7のだれもが聞いたことのないはずんだ声で、竹久さんは窓をゆび指した。てんでにバラバラなことをするのが校風ならぬ組風の3の7の美術選択者も、竹久さんにこう呼びかけられては、全員が墨絵を中断した。

「みんな、見て。すごい雪」

このまま「ビューティビューティ、ビューティペアー」★と歌いだしそうなくらいはずんだ声だった。

「おいおい、竹久、人にシャム猫をかかせといて、雪を見てるなよ」

手品の美術の先生は苦笑し、ほかの生徒は笑った。爆笑だった。大爆笑だった。

＊＊＊

手品の上手だった先生は、この日より、わずか七年の後に肝臓癌でいなくなった。ウイスキーとハイライトが大好きだったのがよくなかったのだろうか。

(冬のウールコートを着てきてよかった)

都下の公園もどきで、私は思う。長いあいだベンチにすわりこんでしまっている。

孫と祖母とヘルパーさんの三人連れはとうに帰った。

青春を過ぎるとは、ずっといると思っていた人が、いなくなったことを知らされることである。

★「ビューティビューティ、ビューティペアー」＝昭和51年当時、人気絶頂だった二人組の女子プロレスラー、ビューティ・ペアのテーマソング『かけめぐる青春』。レコードもヒットした

東出昌大先生は平成二十六年のクラス会には、八十歳を過ぎて、ランドクルーザーどころか、どでかいキャンピングカーでやってきて、『愛の休日』をピアノで弾いてくれたのに、今年はいなくなった。

たんぽぽ組の浅田美代子ちゃんが「強い男」だと認定した奥浩くんは、四十一歳でクモ膜下出血でいなくなった。

「セイ」と「シュン」の音読みを混乱すると「青春」とゆびで書いては確かめていた卓球部の女子は乳癌で二十八歳でいなくなった。

スマホでケンサクしたら、私が再就職したジムの名古屋施設が定期的に開くフラワーアレンジメント教室で講師をしていることがわかった田井中尚美さんとは、先月にジムLINEで交信した。中条くんは急性心不全で三十九歳でいなくなっていた。銀座四丁目交差点で再会したわずか七年の後に。

他にも、何人も、いなくなってしまった。

(滑稽なことじゃないんだ。赤いちゃんちゃんこは)

還暦を赤いちゃんちゃんこで祝うのは、滑稽ではないのである。還暦まで生きられるのは、そう有ることではないから「有り難い」と、めでたい赤を羽織って感謝したのである。

「芸術クラス」は勝手気ままにし過ぎたわれわれ3の7のせいか、他生徒に悪影響を与えると一年でとりやめになった。後にも先にも、虎高で一年だけ存在したクラスだった。

（竹久さん、クラス会に出てくればいいのに）

往復はがきでの通知は、いつも欠席にマルがついたままだ。

若旦那は本当に二児のパパになって、息子に代を譲って大旦那になり、「シャム猫」という名前の焼酎を出した。「シャム猫」の字は『酒夢音湖』と書く。これではシュム猫だ。『英単語連想記憶術』くらい苦しい。

オレンジ髪は茶道を究めるのに熱心だ。地区の「茶道の会・みずうみ」で、相変わらず赤い口紅の大谷沙栄子先生と、明仁上皇のようにふっくら顔になられた広木先生といっしょにお茶を点てていると、一昨年のクラス会で聞いた。

左マドンナ女子は、大阪朝日放送のアナウンサーになり、3の7でいっしょだったインターハイ中距離で滋賀代表になった男子と結婚し、先日のクラス会にもそろって出席して、新婚夫婦のままに睦まじいことを冷やかされていた。

私たちの学年は、同じ学年同士で十組もの夫婦ができ、うち五組が、今年令和二年の学年合同同窓会に出席した。クラス別に中華料理用の円形の大テーブルに分かれた。「いっつもバラバラや」と言われていた3の7だけがテーブルを2卓用意してもらわないとならない出席者数だったことに、ほかのクラスからの出席者に感心された。

私としては、竹久さんが気にしていたテニス部の中納言が、二重瞼と隆鼻の美容整形をしていたことに感心した。だが、顔が変わったことで彼の出席に気づかない生徒ばかりで、感心したことを共有できたのは百合子ちゃんだけだった。

小日向くんは京都市立芸術大学にみごと合格し、すぐに鷺沢さんではない同級生と恋におちて結婚したが、楽器メーカーに勤務中に婚外恋愛をして別居し、別居中にまた別の人と婚外恋愛をして会社を辞めて離婚し、現在は滋賀県の公立高校の音楽講師をしつつ作曲活動をしており、同窓会で『ピアノソナタ　3の7』を披露した。

数学の時間にタオルケットを敷いていた車に詳しい男子は、放送部のハッちゃんと結婚して、トラクターで田んぼを耕している。車種は聞きそびれた。

ジョン・デンバーと同じ眼鏡とヘアスタイルの男子、旺文社の全国テストで20位に入った女子、贋ブルース・リー、たまごめん、には孫ができた。

クラス会だとか同窓会だとかは、その時間を共有しなかった人の目には、白髪の、あるいはハゲの、腹の出た、あるいはガイコツみたいなとっしょり（年寄り）が皺の多い顔にますます皺を作って大笑いしている、そのままのすがたがちゃんと映る。怪談『牡丹灯籠』のように。

しかし、その時間を共有した者には、新三郎が見るようにエバーグリーンに高三に映っているのである。

「べつに来なくていいよ」

満開の桜の下で、私は3の7に言う。

クラス会にも学年同窓会にも来なくていいよ。ばらばらなのが組風なのだし。

でも、いてくれ。いなくならないでくれ。

昭和三十三年生まれというのは、昭和と平成を、ちょうど三十年ずつ生きた世代である。この歳月のあいだ、私はずっと他人の目に「眼鏡をかけて、なにか読んではる地味な放送部員」のようだったのだろう。

虎高生のころ、シチズンの腕時計をしていた。ケータイが普及したころに、買取業者に二束三文で売ってしまった。

スマホを見ると11時35分だ。

デジタル数字を私は見つめる。

(あのとき、シチズンの腕時計を見た)

お昼ごはんの支度を手伝わないとならないから、そろそろ家に帰らないといけない、とシチズンの腕時計を見て思ったのだ。

3の7にふりわけられた日、教室から出てきた小日向くんが鷺沢さんの待つほうへ立ち去ると、私はだれもいない教室に入った。

そこは、正午になろうとする光でいっぱいだった。

小日向くんが開けてかけ忘れたのか、一カ所、窓の鍵が外れていた。かけようと窓に近寄ると、音楽室につづく小径の桜並木が見えた。

十七歳の私は、ただ思った。

ああ満開だと。

花弁の状態として全開だと思った。

先刻の新大学生のように「これから、いっぱいいいことがあるんだなあ」とは思わなかった。「これから」しかなかったからだ。すべてが「これから」なのに、いったいなぜ、これからのいっぱいにわざわざ期待するだろう。

先刻泣いていたヘルパーさんと祖母も、そして私も、これからの喜びだけが在った日々は、後方に去った。それはしかし、いっぱいいいことがあって、今いるということなのである。厭なこともいっぱいあって、それでも。

地味な私の地味な脳味噌では、ガチョウの羽根ほどに軽い厭なできごとにも、うまく対処できないことがよくあった。社会に出てからの日々を、きっと知らないところで3の7にはとても助けられていたのであろう。ありがとう。

解説

タカザワケンジ

羨ましい。

この高校に通っている主人公たちが、である。

『青春とは、』の舞台は一九七〇年代半ば。滋賀県の公立進学校に通う乾明子の目を通して、高校生活が描かれる。まさしく青春小説である。

しかし舞台こそ一九七〇年代だが、幅広い層の読者が楽しめるように書かれている。明子は現在（二〇二〇年）、都下の総合保健センターを定年退職して、スポーツジムに勤めている。つまりこの作品はたんに一九七〇年代の青春を描くのではなく、四十五年後の明子が、自分の経験を文章で再現し、分析と解説を加える小説なのである。文章で再現、というのは持って回った言い方で、明子の言葉を借りれば「記憶を見ている」。視覚的にくっきりと、時には匂いや手触りまで再現された明子の高校生活に、私たち読者はするっと入り込んでいくことになる。

滋賀県立虎水高校は旧制中学だった伝統ある進学校。県下で一番の高校が遠くて通えない生徒も通う「県下一の交通不便校」である。伝統ある進学校によくあることだが、校則はゆるく、制服を着崩しても、パーマをかけていても文句は言われない。バイク通学も黙認されている。よくあること、というのは、私自身が地方の進学校に通っていた経験があるからだ。明子よりちょうど十歳下だが、田舎の進学校ののんびりした空気とゆるい雰囲気はどことなく似ている。私が通っていたG県立M高校では、学生運動の頃に先輩たちが校内をサンダル履きで歩くことを「勝ち取り」、夏は柄シャツを着ても許されていた。診断書一枚で、とっくに治っていた腰痛を口実にバイク通学を続けていた生徒もいた。そのことを誰も問題だと思わなかった。

『青春とは、』を読んでいて「お！」と思わず声が出たのは、さらりと「六時間目がカットになり」と書いてあったことだ。「カット」というのはM高のみで通じる言葉だとばかり思っていたから。「カット」とは教師が休んで自習になった授業をその日最後のコマ（つまり六時間目）と入れ替え、早上がりすること。学級委員のもっとも重要な仕事は、「カット」するために、六時間目の教師と授業の入れ替えを交渉することだった。そんな融通が利くところにこの学校の特別感を感じていたのだが、遠く離れた滋賀でも同じことが行われていたとは。しかし考えてみると「カット」について卒業後に誰かと話したことは一度もない。『青春とは、』には、こうした「自分の高校だけだと思っていた」ことが見つかるほど、ディテールが書き込まれている。

虎水高校と私が通っていたM高校はかように似た雰囲気があるのだが、決定的な違いがある。M高は男子校だった。だから冒頭で述べたように「羨ましい」のである。『青春とは、』はおおむね一章ずつ完結するエピソードが描かれている。連合赤軍事件の重信房子を美人だと評する一年先輩の男子への違和感。赤い口紅と濃いファンデーションが女子生徒たちからの反感を買っている保健室の先生と、男子たち。人気の男子生徒との関係を誤解された明子が、彼のファンたちにからまれるなど、あの時代ならではの話もあれば、時代を超えた思春期あるあるな話もある。高校三年間を男子校に通っていた身に「なるほど！」と響いたのは、たとえばこんなくだりだ。

「真性共学の異性生徒間には、『恋愛感情は介在しないが、異性であることで、同性同士より遠慮や気遣いをしなくてすむ、動物や昆虫の♂と♀が敵対しないようなレベルに近い平和な間柄』が、頻繁に生じる。これは共学において『友だち』と呼ばれるが、『恋人未満の関係』とはまったくちがう。質がちがう」。こういうところが羨ましい。中学生では幼すぎるし、大学生ではもう少し距離がある。たった三年間ではあるが、十代後半を男子だけですごすとこうした感性は育たない。

『青春とは、』の中に、男子校に行った幼なじみが明子に愚痴る場面がある。

「教室が黒いんやで。みんな黒い制服でカタマリになって、黒い黒いんやで。あー、うっとうしいわ」

ほんとそう。入学した時の私の印象そのままである。なんてとこに来たんだと目の前が暗くなった覚えがある。

しかし男子校の居心地が悪かったわけではない。『青春とは、』によれば、共学では勉強ができても、運動が苦手な男子は「体育のできひん男子」とされるとのこと（とされている相沢くんは『青春とは、』で一等好きな登場人物だ。台風のエピソードには爆笑した)。たしかに男子校でそれはない。運動音痴の生徒が多かったような気がするし(自分もそうだ)、そもそも真剣に体育をやらないのだ。

私が通っていたような男子校、それも地方の進学校は絶対的に平和な場所だったと思う。生徒同士がもめる要素が基本的にないからだ。恋のさや当てもなければ、片思いのつらさもない。性欲をもてあますことはあっても、個人で処理する分には誰にも迷惑をかけないし、周りは童貞ばかりだったので「経験」を焦る必要もない。同性同士の恋はあったかもしれないが気づかなかった。一部にアイドル的な人気の「かわいい」男子はいたが、せいぜい遠巻きに見て、陰で「かわいいね〜」と言い合うのが関の山。勉強はどうかといえば、お互いに「していない」風を装ううち、実際にしなくなる(浪人すればなんとかなると誰もが思っていた)。そのくせ大学受験を口実に部活に打ち込む生徒は少ない。いじめもない。そもそも他人に興味がない。平和ではあるが退屈な毎日だった。茫漠とした砂漠のようなものである。

しかし『青春とは、』の虎水高校には緑の山河(そして湖も)がある。男子と女子の性に対する意識のギャップ、誤解と勘違いといった素朴なエピソードも面白いし、明子が画策するミッシェル・ポルナレフのコンサートへの道はもはや大冒険である。なんと物語があふれていることか。むろんそれは小説家、姫野カオルコがつくりあげた世界なのだが、読んでいる間はつゆほども疑わず、本当にあったことのように思って読んでいた。

そして、次第に語り手の乾明子なる人物への興味が湧いてくる。年齢、地域、家族構成など、作者である姫野カオルコと重なる部分が多い。ゆえに、作者の実体験が反映されていると想像できるが（刊行後のインタビューなどで作者本人もそう語っている）、明子はシェアハウスに住むスポーツインストラクターである。その点でははっきりと別人なのだが、高校時代を分析し、「青春とは、」と論じていく思考の流れは、これまでの姫野カオルコ作品と共通するものがある。すると、作者は、もしかしたらあったかもしれない自身の進路のうち、その一つを明子に歩ませ、平行世界に生きるもう一つの存在として明子をつくりだしたのかもしれない。明子という名前なのに「暗子」のほうが合っていると言われる「もう一人の自分」を。

そして過去を「思い出す」のではなく「見る」と表現する明子の記憶との関わり方はいかにも姫野カオルコ的である。幼少期の記憶をテーマにした短編集『ちがうもん』（文春文庫）のあとがきに「私は二、三歳のときに住んでいた家の便所の戸のペンキの色や塗りムラや把手《とって》のかたちをはっきりとおぼえて」いて、その記憶の明瞭さを「おそろしい」とまで表現している。心に焼き付けられた記憶だと。なるほど『ちがうもん』に収録されている小説は、子供ながらの視野の狭さ、知識の乏しさから来る勘違いも含めて、きわめて鮮明に描かれている。大人から見た子供ではなく、子供から見た大人が「たしかにこうだった」とこちらの記憶まで呼び起こされるほどに。

『青春とは、』は『ちがうもん』よりも主人公の年齢が上がっているため、当時の明子自身も冷静に環境に対応している。しかし、視野が広がっているからこそ、自分がいまいる場所が自分を幸福にしているのかという疑問が生じている。

そこで、この小説のもう一つの重要な場所「家」が浮かび上がる。明子いわく「暗《クラ》家《ケ》」。「わが家は厳しくない。たんに暗い」。明子は両親が年がいってから生まれた子供で一人っ子。夫婦仲は悪い。父を頂点とした家のルールが厳然として存在し、「小隊化した空間」がつくられている。それは周囲の同世代の子供が育った、戦後民主主義の「子供に甘い」家庭とは大きく異なっていた。ゆえに彼女にとってほかの家庭、民主主義的家庭で育った同級生とは相当な齟齬がある。明子がこの「家」とは別の場所、呼吸のしやすい場所として虎水高校という場を得られたのは幸福であった。

姫野カオルコは鋭敏な作家である。『青春とは、』の文章のリズムはゆっくりとなめらかで表現はやわらかく、するすると読めるが、その底流にはささいなことをも見逃さない視線がある。恐るべき傑作『彼女は頭が悪いから』でも、淡々とした語り口の中に狙った獲物を逃さないスナイパーのような眼光鋭い観察眼があり、読者の肺腑をえぐった。『青春とは、』は吹き出してしまうようなユーモラスな描写をたびたび交えながら、やはり当時の（そしていまも？）男尊女卑文化に対する異物感を、さりげなく、しかし、青い炎のごとき静かな炎で燃やしている。

『青春とは、』は、私のように青春から遠く離れた人にとって、青春とはなんだったのか、どんな価値観が支配的だったかを考えるきっかけになる。いま青春の渦中にいる人は、自分のことからいったん離れて、親の世代、ひょっとすると祖父母の世代の青春を客観的に見ることで、ほっと息をつけると思う。現実の青春に向き合うのは楽しいことばかりではないから。一九七〇年代にはインターネットもスマホもない。それはもはや、時代小説、もしくはSF小説のような別世界かもしれないが（そんな不便なメタバースがあったら行ってみたい）、意外とやっていること（考えていること）は似ているかもしれない（し、似ていないかもしれない）。

なお、『青春とは、』を読んだ読者は、ぜひ、姫野カオルコの『終業式』も読んでみてほしい。ドストエフスキーの『貧しき人々』、宮本輝の『錦繡』も青ざめる書簡体小説の傑作である。高校時代の女子生徒同士の手紙のやりとりから始まり、彼女たちが中年に至るまでに起こるあれやこれやの出来事を、関係者の手紙だけで描ききっている。高校時代のエピソードには『青春とは、』と通ずるものがあるので読み比べるのも一興だ。また、姫野カオルコの代表作『ツ、イ、ラ、ク』とそのスピンオフとしても読める短編集『桃』も、もしもまだ読んでいなかったら必読。それらはどれも青春というものの無残さ、悲しみとおかしみが背景にある人間喜劇だからだ。

『青春とは、』は、それら姫野カオルコが書いてきた作品のうえに、あらためて青春とは、という問いを立てた、真性の青春小説なのである。

（ライター）

文春文庫

青春《せいしゅん》とは、

定価はカバーに
表示してあります

2023年5月10日　第1刷

著　者　姫野《ひめの》カオルコ
発行者　大沼貴之
発行所　株式会社 文藝春秋

東京都千代田区紀尾井町 3-23　〒102-8008
TEL 03・3265・1211㈹
文藝春秋ホームページ　http://www.bunshun.co.jp

落丁、乱丁本は、お手数ですが小社製作部宛お送り下さい。送料小社負担でお取替致します。

印刷製本・凸版印刷

Printed in Japan
ISBN978-4-16-792041-8